走過廍仔溝

許其正／著

序　這條路

我又走上了這條路。

走上這條路，我是很高興的。

這是屏鵝公路潮州段。四十年前，這條路是碎石子路，現在已是四線道了。四線道，多好呀！看，在這秋日金陽的照耀下，是這麼金光閃閃，這麼平直、寬坦，鋪著高級柏油路面，路中央還有分島線……。

我是七七事變後兩年出生的，台灣光復那年正好上國小一年級，也是正式走上這條路。在這以前，我相信我走過這條路，只是已記不清了。就以這為第一次走上這條路算起吧，到現在已經四十年了。

四十年，好長呀！

四十年，好短呀！

四十年，有多少滄桑呀！

四十年前，就像昨天一樣。那是怎樣的情況呢？才從四腳仔（日本人）的配給裡苦撐過來，才掙脫了他們凌虐欺壓的枷鎖，大人們都那麼細瘦，沒法長高了，何況我這小孩子？不是小不點兒一個會是什麼？我們都在經濟萎靡，民生凋敝間討生活，過苦日子。

「上學去！」最先是爸爸這樣說的。當然媽媽也這樣說。然後便是童伴們這樣說了。爸爸這樣說是很不錯的，他說了便用腳踏車載我到學校。媽媽這樣說也很不錯，她說了，爸爸也用腳踏車載我到學校。但是童伴們這樣說可就沒那麼好了。他們不但不載我，而且和我一起一腳高一腳低地走路到學校，不幸的是絕大多數日子都是如此。

那時，潮州除了一所包括高初中的省潮中外，鎮上只有三所國小。我們的學校是潮州國小，在距家約六公里的鎮上。我們拿著包袱巾，把書和鉛筆等文具——大一點以後也包括便當——包好紮在腰間，打著赤腳，一腳高一腳低地走路到學校。

那時，這條路很貧困。路兩邊的路肩部分是草，沒有路樹，中間部分不大，是細瘦的，上面鋪的是碎石子，供人車磨練。——那時的道路，不鋪柏油，只有碎石子或泥土，聲氣相投地要磨練我們。我們的赤腳被磨練得人人腳底是厚繭，踩著碎石子，可以健步如飛，如果碰上大熱天或颱風大雨，其磨練力便更大了。

當然，可以想像得到，那時我們也很貧困，除了以包袱巾當書包、打赤腳磨練到學校外，穿的是粗布料子的衣服，有一段時期還是用肥料袋或麵粉袋的布來做，破了就補，補了穿，穿穿補補，補補穿穿，然後，自然是褪給小的穿——小的不買衣服，撿兄長穿過的穿；下雨時便穿棕簑（簑衣），戴瓜笠（笠帽）……。吃的是蕃薯簽飯——大部分是全部蕃薯簽，家境好些的便在最上層點綴一些白米，配菜是豆脯、豆乳（豆腐乳）、菜脯（蘿蔔乾）、鹹（酸）菜乾、小魚乾、自家種的土菜、蕃薯藤、山野採的豬母菜、刺莧仔、烏甜仔（龍葵）、鵝仔菜……，便當裡的菜有時會好一點，半個月或一個月有一次豬肉或雞肉吃便高興得蹦跳叫笑……。晚上看書，沒有電燈，就著那一盞小小的臭油（柴油）燈，在燈光搖曳下，字越看越小越模糊……。走路不小心被刺傷或跌傷，只能「噯唷」一聲，趕緊敷土粉，不然就把鐵線藤的細葉摘下，放進嘴裡咬一咬，和著唾液敷……。

並不是大人們故意要「苦毒」我們，磨練我們，實在是他們也很貧困。他們的食、衣、住、行等等，不只跟我們一模一樣，而且比我們更儉省更缺乏。每到過年過節，要準備「大餐」，要給孩子們買新衣服穿，還要分給他們「紅包」，便是他們大皺眉頭的時候。每次颱風來襲，他們不但皺眉頭，而且要割下香蕉假莖或搬大石頭來壓草屋屋頂，以免草屋被掀翻吹倒；然後用盆缽去接漏，使全家響著叮叮噹噹的交響樂。住在東港的那個妗婆，每次到我家，硬是用雙腳走十幾公里路……。

難怪呀！那時，除東港（南州）糖廠外，根本就見不到工廠的煙囪。他們種別人家的地，用牛耕田，肥料不夠，病蟲害沒法除去，跪在水田裡用雙手搓（除）草，稻田裡滿是水和泥，冬天冷如冰，夏天熱如沸，還是照跪照搓不誤，灌溉不良，或旱或潦，稻子品種不好，人工割稻，割到直不起腰來……他們流血流汗，做得灰頭土臉，收成卻不好，又要把大部分收成向地主繳租。這樣哪能不貧困？他們忙碌不堪，我們小孩子自然也要幫忙，尤其是假日，做得腰酸背痛，灰頭土臉，哪有現代的年輕輩這麼「好命」？

這些好像是一場夢。其實，才不是夢。有時我講給現代的年輕輩聽，他們竟不屑一聽，那意思好像我講的是童話故事；其實，這是千真萬確的。這是我親自嘗受過的。現在想起來，也不知那時是怎麼過的。

但是，我們還是過過來了，而且過得很有意義。

「上學去！」我們喊著，在嘴裡，在心裡。父母則除了這麼喊外，還說：「你們儘管讀！能讀到哪裡就讀到哪裡！就是把田賣了，也要讓你們讀！」其實，他們是在四腳仔的統治下，沒有書讀，吃盡「青冥牛」（文盲）之苦，所以要下一代能把書讀好，可以「出頭天」而已。他們對「上學去」這三個字在文化層次上的意義到底如何，未必全懂。為了讓我們讀書，能夠「出頭天」，他們特別辛勤工作，沒暝沒日地和田地「結死冤」，希望這些田地能富有起來，肥壯起來，供給更多的奶水給我們吸吮。為了不辜負父母的辛勞和心願，我們除了忙於幫忙工作外，一有空便努力地讀書，希望能夠從書上多吃些精神糧食，使自己也富有起來，肥壯起來……。

當然，對於這條路，大家也都這麼希望。

時光遞遭，日月如梭，飛逝而過，毫無聲息，也不見影子，在大家一腳高一腳低地走在這條路上中，在大家埋頭忙碌中，不知不覺地，十年，二十年，三十年，四十年，一晃，過去了。

這條路，在人們的行走輾壓下，在時光的飛逝中，變遷著，一次次地肥壯著：路面加寬了，鋪上柏油了，再加寬了，再鋪上柏油了……最近這次，不但路面加寬了兩倍，鋪上高級柏油，中央加上種有花木的安全島，而且到鎮區南端，闢出新路，拐向東方轉北，成為潮州的東外環線。兩邊路樹，則先種木麻黃，再換為椰子樹，然後被砍除。這次為了拓寬這條路，把椰子路樹砍除，還惹起許多爭論和抗議呢。「那麼美的椰子樹被砍了，多可惜！」「為什麼非砍不可？」……但是這些爭論和抗議抵擋不住推土機。一棵椰子樹，不管多高多大，只要被向右一推，向左一推，向前一推，再一挖，就解決了。隨著路的拓寬，加大肥壯，平直寬坦，交通的更形便利，所有的爭論和抗議便消失無蹤了。

路的拓寬，加大肥壯，平直寬坦，絕不是偶然的。任何事都不可能單獨成就。社會的互動非常重要。如果說這條路是一條串繩，這條路所穿過的村落是真珠，並無不可；我卻更喜歡給說成「水漲船高」。至於這條路和它所穿過的村落，到底哪一樣是水哪一樣是船？恐怕就很難分辨了。

不是嗎？走在這條路上，本來是赤腳，車輛只有很少腳踏車、牛車及汽車，現在行走的則已全部是穿鞋的了——少部分是布鞋、球鞋，大部分是皮鞋，增加最多的是大量的機車、各式各樣的汽車——貨車、客車、遊覽車、自用轎車……。客車、遊覽車及自用轎車是那麼漂亮舒適，除了遮陽，擋風雨，擋寒冷，還裝有冷氣、音響呢。是怎樣的一種享受呀！這些人車形成這條路的水流，流向前，流向左右，分流入路旁的村落，當然也流入我故鄉的村子裡。

在我的故鄉，許多凹陷著牛車車轍的泥土路已不知哪裡去了，都換上了柏油路。是這條路的支流哪。它們在鄉間散佈著，四通八達，像蜘蛛網，通到田頭，通到家門口。在這些道路上流動的當然也是行人、腳踏車、機車、貨車、客車、遊覽車、自用轎車——許多家庭已有自用轎車，什麼速霸陸的、三陽喜美的、全壘打的、裕隆速利的……。一遇假日，說郊遊，自用轎車一開，全家傾巢而出！

牛隻已少見了，農事幾乎已被機器所取代。到處可見耕耘機、除草兼除害用的噴霧器、割稻機、稻穀烘乾機……。運輸則不再是慢吞吞的牛車，是馬達三輪車、各種貨卡。再者，農作品種有專人研究改良，灌溉不虞匱乏，肥料充足，農藥也夠，最重要的是農人耕種自己的田地，所得不再繳租給地主，倍加努力耕作，所以每年都是豐收。逼不得已，種稻面積縮減，有些轉作別的作物，如甘蔗、水果等，有些則改為水產養殖，如養鰻、養蝦、養普通的草魚等。

有人說，台灣人每年吃掉一條高速公路。我的一位吳姓同事，有一次告訴我：他就讀體專時，壘球隊請的一名日本教練，回國前大家歡送他，請他吃飯；吃到最後他竟然哭了。大家以為他臨別傷心，但卻不是。原來是怕這些宴請他的人一旦到日本，他請不起。他說，台灣請客的一餐，在日本要用去他差不多一個月的薪水。這是真的！

台灣在吃的方面早已是世界第一了。在故鄉，不僅不像以前吃蕃薯簽什麼的；相反的，已是許多人吃怕了大餐，不敢赴宴，儘找素食、山菜吃，以前吃厭了的豆脯、豆乳、菜脯、小魚乾、山菜反而成了奇貨可居。很多男人大腹便便，怕人家笑他「懷孕」，行動又不方便，紛紛設法節食，晨間很早便去慢跑，以求減肥。

不知從什麼時候開始，拆舊屋的運動在故鄉轟轟烈烈地進行著。最早是用人力，然後是用推土機。那些舊屋不雅觀，不好住，一間間被拆掉，一棟棟美侖美奐的高樓大廈便接著被矗起，一層高過一層，建築要講究鋼筋水泥、鋁門窗，形式和顏色要講究美觀大方，要防熱防漏，內部裝潢極盡舒適方便之能事；抽水馬桶、磁磚浴池、熱水器、大理石地板、彈簧床、不銹鋼廚具、冰箱、電視、錄放影機、音響、冷暖器、酒櫃、書櫥、桌球檯、撞球檯……應有盡有。

也不知從什麼時候開始的，粗布衣服被一件件褪掉了，換上來的是化纖的，摸起來柔柔滑滑的，而且講究式樣和顏色，穿得花花綠綠，閃閃發光，破了幾乎不再補綴，便丟棄不要，穿舊了送給別人，可能都要被拒絕，而且被埋怨看不起他。要找一塊抹布的料已是難乎其難。出外已沒有人打赤腳，腳上穿的除了布鞋、球鞋、皮鞋，還有特殊用途的涼鞋、登山鞋、馬靴什麼的，不一而足。

學校增多了。當時只有三所國小和一所兼有高初中的省潮中，現在則有四所高中職、兩所國中、六所國小和一所國小分校。教育已普及到就學率幾近百分之百，人才輩出，小小的三四歲小孩也在幼稚園學會唱出兒歌童謠，三字經背得流水般熟。對了，前幾天為老人教育而設的長青學苑才開學呢！當年的「青冥牛」早已絕跡了。

此外，醫藥保健，婦幼衛生，已做得很好，電話裝置已很普遍，工廠也一家家地增設，鰻魚池甚至自設加工廠，每次選舉則吸引了許多人熱烈地參與……。

常常，可以看到一片欣欣向榮！

常常，可以看到人們臉露笑容！

這是怎麼來的呢？當然，政府政策的加持是有的。不是嗎？九年國民教育的實施，政治的民主，農地由三七五減租到耕者有其田，一連串的四年經濟計畫、六年經濟計畫，十大建設，十二項建設……。

雖然如此，我認為更重要的是台灣人民的勤奮努力，守法負責，互助合作，農工商各行各業的互動，有那麼一股想肥壯起來的意願。

這條路就是在這種情況下肥壯起來的。

我的故鄉就是在這種情況下肥壯起來的。
我很高興走上這條路。雖然我已在這條路上走了四十年，我仍不感厭倦。

目次

我們要勝利了

　　那年，我是一個才六歲還沒上學的小漢囝仔。雖然年紀這麼小，似乎不懂事；但是我卻能感覺到，大家的情緒似乎越來越有些不一樣，好像憂喜不分。本來在日本仔的統治之下，大家都愁眉苦臉的，支那和米國（美國）的「飛龍機」來空襲是一件壞事，他們卻表現出喜悅來。這種情形，淑敏阿姨和我阿爸表現得特別明顯，我看得最清楚。如果是現在，我或許會問他們有沒有吃錯藥。

　　淑敏阿姨，廿三歲，身材高窕，曲線畢露，一頭長髮，總和瀑布一樣，披掛在肩背上，一張櫻桃似的小嘴，加上一雙睫毛向外舒張的眼睛，把她的臉搭配得像一個小洋娃娃。她是我家右邊的鄰居，三年前嫁到高雄。才結完婚，第二天她丈夫就被徵調到南洋去為日本仔打戰。她是和當時大部分人一樣，憑媒妁之言父母之命結婚的。初履夫家，人生地不熟，她便徵得夫家的同意，搬回到娘家來住。她丈夫時不時從南洋捎來一封信，她也時不時捎去一封信，互慰相思。

　　我最喜歡到她家找她。她很少外出，也很少到田裡工作，倒很像是她家的一個客人。白天，在大家都出去工作後，她總留在家裡看家。她在家，除了灑掃、清理家屋內外、煮飯燒菜和洗衣服，便常常聽鼓吹頭仔（手搖唱機）播唱歌曲。

我一直覺得奇怪，鼓吹頭仔的唱頭裡是不是躲著有人或鬼神？若無，為什麼用手搖轉彈簧，唱盤載著刻盤（唱片）旋轉，唱針一放在刻盤上，刮過刻盤，唱頭便會發出歌唱？一開始，我便是為了這個覺得奇怪，被她家的鼓吹頭仔所吸引，常到她家去的。後來，情況就漸漸改變了。看，她用右手大拇指和食指拈著唱頭，輕輕放上刻盤的姿態，是多麼優美呀！聽，唱頭唱出的歌聲，是多麼悅耳動聽呀！還有，她常常聽著、聽著，便嗚嗚咽咽地伴著鼓吹頭仔哭起來的情景，是多麼令人好生奇怪呀！尤其若是只有她一個人聽時，更是這樣。常常我去她家時，看到她這樣哭著，便不好進去，躲在屋外面聽鼓吹頭仔歌唱，聽她哭泣。每次她哭，我便知道，鼓吹頭仔一定是在唱「戰火燒馬來」！她最悲泣痛哭的時候，鼓吹頭仔總是唱到這裡：

啊啊……
何時再相會？
何時再相會？
啊啊……
何時再相會？……

聽了這支歌便哭！聽了這支歌便哭！她卻最喜歡聽這支歌！邊聽邊哭，邊哭邊聽，一天聽它五遍十遍幾十遍，哭它五遍十遍幾十遍，她都不覺疲累，不覺厭煩。那麼大的一個女人，竟然那麼愛哭，淚水多得怎麼也流不盡，為什麼不會見笑（羞恥）？真是奇怪！我怎麼也想不通！

當然，她也不是一成不變都聽這些。日本仔衙門有規定的，大家要聽「有益」的「愛國歌曲」。那些日本仔軍歌，那些送君出征的歌，在我小小的心靈裡，聽起來也覺得雄壯，要跟著喊「萬載（萬歲）」的歌曲，她也要放了聽的。不是嗎？妳聽：

正（右）手舉旗，
左手牽子，
我君哪，
做（任）你去打拼，
家內放心免（不用）探聽……

她聽是聽了，卻很明顯可以看得出來，是不情願的。她聽的時候，臉上總是現出一種很奇怪的表情，就和大家對保正水仔和甲長溪仔一樣。

講起保正水仔和甲長溪仔，可以說是人人討厭，人人咬牙切齒的人，只要可能，便要罵，恨不得打其人，咬其肉，喝其血，送其終。我常常聽大人們相互傳言，說他們本來是流氓。從日本仔起山（進佔台灣）以後，日本仔要統治台灣，壓制台灣人，正宗（持正）的人不願被利用，便只好利用他們了。他們一朝得勢，便「閹雞趁鳳飛」，甘為日本仔走狗，然後利用特權，搜括民脂民膏，欺壓善良百姓，獐頭鼠目，無惡不做。日本仔禁止我們拜神像，有人把神像藏起來，暗中崇拜；去報告，帶日本大人（警察）來抓的是誰？是他們！米糧被日本仔搜括去當軍糧，有人偷藏了，加在蕃薯裡煮了吃；去報告，帶日本大人來抓的是誰？是他們！配給的豬肉太少，有人私宰了，救濟胃腸；去報告，帶日本大人來抓的是誰？是他們！在領配給的配給場裡，頤指氣使，大吆小喝的是誰？是他們！出面干涉，不讓先生（漢學老師）收學生教學的是誰？是他們！亂誣冤屈，讓無辜百姓被日本大人拷打的是誰？是他們！把莊裡許多男人徵調去中部北部做「奉仕」（無酬奉獻勞力）的是誰？是他們！……

講起奉仕，我阿母就落淚。她總是一邊落淚一邊講：「彼的時陣，我剛生你最小的小弟阿明。你老爸予（給）調去做奉仕。——攏嘛是保正水仔歹心。」講到這裡，她會補充一句，然後繼續講：「我一個人，在月內，得背阿明，避空襲，跑得喘大氣，流歸（全）身軀汗，飼（養）豬牛雞鴨，領配給，顧你五個囝仔和你阿嬤的吃食三頓，洗米煮飯，洗衫褲，掃（整理）內外，顧（照顧）田園，破田水。一個查某人（女人），在月內，本來就要休睏（休息），不可碰冷水，不可凍（𩅀受）露水。我呢？你老爸去做奉仕，咱不做可以嗎？沒法度（辦法）呀！只好沒牛駛馬，做了。現在若烏陰落雨，我就這酸彼痛，全身筋骨會知天文（氣象），就攏是彼時致到的！」她說著，說著，擤了一把鼻涕。「你老爸也是艱苦！講是在台北松山，造飛龍機場，挖爆坑（隧道）！彼一大片地，要造成一個大飛龍機場，用人力去挖，去鋤，去攪砂子紅毛土，鋪跑道；還講空襲時，敵人的飛龍機來轟炸，日本仔的飛龍機要避在爆坑裡才不會被炸壞，所以要在山裡挖爆坑。你老爸左手在小漢時被牛踩斷過，沒接好，出沒力，日本仔就用籐條打他。吃也吃不飽，睏也睏不夠眠，做是做透日（整天），做到半暝（半夜），汗像彼個西北雨，大粒小粒直直落，做到腳酸手軟，日本仔還是不滿意，不歡喜，嫌到嘴水直噴。尤其彼當時流行虎烈拉（瘧疾），他也染上了。他拉肚子拉到全身無力，很難動彈，仍要做工。就這樣，他做了半年，一分錢都沒領，白白做憨工，若沒吃日本仔的籐條已經很幸運了。回來時，嗳唷唷，叫人心酸流目屎（眼淚）！秦始皇做萬里長城，也不過如此！」講到這裡，她總要半講半唱孟姜女哭倒萬里長城的故事，好像她就是孟姜女，要把萬里長城活活哭倒，要把秦始皇暴政活活哭倒，要把日本仔暴政活活哭倒。

其實，哭有什麼路用？暴政終究是暴政！日本仔的暴政並不因為她哭而消失，一分半分都不減少。不過，天理昭彰，總有那麼一天就是了。

講暴政，那真是暴政！

水來伯仔的孫子阿棋，長得活潑可愛，整天蹦蹦跳跳，活靈活現。有一天，日本大人到莊裡來，看見他在屋前埕裡玩，不知什麼居心，舉起穿了皮鞋的右腳，一腳便給踢翻了。

「你怎麼踢囝仔？」水來伯仔趕快上前，抱起啼哭的孫子，一邊哄拍著，一邊質問。

「踢就踢，怎樣？」沒想到日本大人又舉起右腳，踢在他的屁股上。「連你都踢！」

「為什麼踢我？」

「踢你就踢你，怎樣？」

「你講理不講理？」

「講理？」日本大人又是一腳踢在他的腿上，做勢要抽出配刀。「巴格野魯！」

好在加祿仙適時出現。他要眾人把他拉回屋裡，逼著他不要和日本大人爭吵。他自己則半推半就地把日本大人勸走。日本大人雖然兇，雖然口中不停地罵著，還是走了。

等把日本大人哄走了，加祿仙回過頭來，便教訓起水來伯仔：

「這是什麼天年，你敢不知影？咱們講日本仔是四腳仔，你不知影是什麼意思嗎？四腳仔就不是人，是動物，和牛呀狗呀這些畜牲相像，是不講理的。你還想和他講理？講什麼理？只有忍耐。他們很快就要敗了。到彼時才講理不慢。」

水來伯仔被教訓，不但不惱怒，反而滿臉笑容，剛剛被日本大人欺負的事，好像忘得一乾二淨了。大家好像也和他一樣，把剛剛發生的事忘了，滿臉笑容。

我真鬧不清，發生那麼大的事，為什麼大家忘得那麼快？又為什麼滿臉笑容？是因為加祿仙把日本人哄走嗎？是因為他講了那些話，把日本仔講成牛狗，講他們就要敗了嗎？我越想越糊塗，如墜五理霧中。不過，加祿仙在大家的心目中，份量很重倒是事實。他已近七十歲了，雖然瘦了些，那是高襯托出來的，也因此顯得仙風道骨。他家學淵源深厚，漢學很飽，論起理來，義正詞嚴，書法又好，在村莊裡開館，人人敬重，保正水仔和甲長溪仔敢報別人，讓日本大人來干涉，不讓開館，對他卻不敢哼一聲，連日本大人都十分敬畏，三天兩日便來向他請教。他對日本大人可不低三下四。村裡的人，若是被日本衙門抓去什麼的，他一出面便沒事。剛剛日本大人被他哄走，當然也是因為這個關係。

日子雖然仍在艱苦中過著；但是可以感覺得到，似乎有些情況在改變，譬如日本大人越來越少出現了，即使出現也不再那麼威風凜凜的樣子了，譬如私宰越來越嚴重了，譬如空襲越來越多了，譬如大家的臉上越來越有笑容了⋯⋯。

我最常見到淑敏阿姨和我阿爸的笑容了。他們的笑，很令我不解。

是不解呀！以前淑敏阿姨幾乎每次聽鼓吹頭仔便哭。她最喜歡聽「戰火燒馬來」這支歌，一聽便哭，便淚漣漣，一邊聽一邊哭，一邊哭一邊聽；現在則更喜歡聽了，幾乎整天都聽，而且很反常，不哭了，代替哭的是笑，雖然沒有像發瘋一樣地笑出聲來，但滿臉是笑意，是笑容。尤其是每次接到她丈夫的信那天，她更是如此。她總是讓鼓吹頭仔恣情地唱，自己也滿臉笑容地跟著悉情地唱。這幾句，她尤其唱得用勁：

啊啊……
何時再相會？
何時再相會？
啊啊……
何時再相會？

常常，她唱得滿臉笑容，也滿臉淚痕。

在另一方面，她也和大部分人一樣，對越來越多的空襲，一反常態地喜歡。空襲原本是大家所害怕的。空襲警報一發出，大家便要沒命地跑防空洞，要擔心房子被炸被燒被毀，家畜農作受損，要大罵支那和米國；空襲一過，回到家裡，看見房子無恙，家畜農作無損失，才會相互慶幸。不知為什麼，現在大家一聽到空襲警報，雖然仍跑防空洞，擔心房子被炸被燒被毀，家畜農作受損失，卻不但不罵支那和米國，反而滿臉笑容，嘻嘻哈哈的，支那或米國的飛龍機飛來，有人還擠在防空洞門口看，談論一些我鬧不清的話。那次，五架支那的飛龍機飛來空襲，設在莊東隔一片甘蔗園過去的日本飛龍機場，有兩架飛龍機飛上天空「迎戰」，和他們在甘蔗園上空作空中戰，一架被打下來，一架竄回機場，大家還在防空洞裡高興嚷叫拍手呢。解除警報一發出，回到莊裡，大家便議論紛紛，七嘴八舌地講著：

「他們要敗了。」

「我們要勝利了。」

「他們」指的是誰？是支那？是日本？是米國？我鬧不清！「我們」又是指誰？依我的想法，我們自然是指日本；但是聽他們講話的語氣，又不是，是另有所指，好像指的是支那。可能嗎？我們要勝利是怎麼個勝利法？……那些大人不知在搞什麼，我真的被搞糊塗了！

日子在躲空襲間過去。

空襲是越來越多了。有時解除警報才發出，人才從防空洞回來，空襲警報又發出了，又要跑防空洞，弄得大家飯沒得正常吃，腿又酸又軟，疲憊不堪。

來空襲的，主要的是B29轟炸機，戰鬥機是配屬了保護它們的。B29轟炸機每一架肚子都很大，不知存有多少炸彈，也不知在什麼時候什麼地方，它們會和母雞一樣，把炸彈下下來。炸彈一次次從它們的肚子裡下下來，到地面便轟的一聲炸開來，又轟的一聲炸開來。立刻煙焰沖向天空，碎片向四面八方飛射，發揮著殺傷力。解除警報後，如果火勢大，延燒開來，便要設法滅火；有時會發現家禽家畜被碎片射死或射傷得鮮血淋漓，房屋牆壁有碎片留存著。人知道躲進防空洞裡躲避，家禽家畜和房屋牆壁不知道呀！

炸彈爆炸造成的最大災害是火災。火災，往往使人傾家蕩產，甚至把人都一起燒死，好嚇人！村莊裡，大家住的是平房草屋，又存有許多燒煮茶水飯菜的柴草，很容易燃燒，釀成火災。大家都很注意預防。只要發生火災，村莊裡的人便全體動員，大家全力滅火。大概總有比較年輕力壯的在火場邊，其他的人用接力的方式，將盛了水的水桶傳到火場，由他們潑灑，澆灌，也有人拿浸了水的布袋（麻袋）或沙袋去覆蓋，以便滅火。

被空襲，被炸，鬧成火災，應該哀痛憂傷。以前大家是如此；可是為什麼現在大家不這樣？大家不但好像小漢囝仔辦傢伙（家家酒）或看熱鬧，一無憂苦，甚至還滿臉笑容，嘻嘻哈哈，我怎麼都想不通。就以這次火災來講吧！我就大惑不解。

炸彈是下在莊東和日本仔空軍基地之間的甘蔗園。大概是敵機要轟炸日本仔飛龍機場沒「下」準吧！那時大家都躲在防空洞裡，當然初時沒有人看到，只聽轟的一聲，過不了幾秒鐘，煙焰便直往上空冒，同時發出烈烈的燃燒聲，傳來燒焦的甜蜜甘蔗香味。大家一看，不得了！甘蔗園裡的乾枯蔗葉多，燃燒起來，勢必會延燒很快，火會很強很烈。甘蔗園西面，隔一條產業道路便是我家的一片竹林；如果燒到那裡，很快便會燒到整個村莊。好在這時解除警報發出來了，大家便趕緊奔回，準備滅火。沒想到，大家一個人拿一個水桶前來火場時，大半個甘蔗園已經烈焰騰空，無法灌救。這時，不時有小旋風吹颳著，助長烈焰，熱氣散發五十公尺外，沒有人敢接近火場。大家只好慌急地用水桶舀水，潑灑在莊邊的甘蔗園、產業道路和我家的竹林，潑灑得濕淋淋的，以阻絕火路。這場火災，雖然燃燒到深夜，卻因此沒有波及我們村莊。哇，好險！

雖然火災差點波及我們村莊，雖然大家知道若被波及，大家的房屋和財產幾乎要全毀；可是大家在慌急中，仍然個個露出笑臉。我當然要大惑不解了！

大概這次是最奇怪的了。

更奇怪的是，第二天下午，村莊裡竟然有人燃放起爆竹來，而且像流行虎烈拉，一家一家地傳染，每家都燃放，碰碰碰碰直響，久久不停。

當然我家也被傳染上了。我阿爸也燃放了許多連炮和大炮。這是我自有生以來所見到我家燃放爆竹最多的一次。

大家臉上都堆著笑容，好像有什麼大好喜事。

果真有什麼大好喜事嗎？

「他們敗了。」

我阿爸這麼講。我卻鬧不清。是誰敗了？

「我們勝利了。」

誰勝利了？我還是鬧不清。

「日本仔侵佔台灣五十年，欺負咱們太久了。今天咱們勝利了。大家自然要高興一番，慶祝一番。」

我這下是稍為瞭解了；但並不完全瞭解，仍然似懂非懂。後來經過加祿仙不厭其詳的一番解說，我終於完全明白了。

原來阿火仔所講，公學校所教的，什麼日本是我們的「祖國」，什麼我們要勇敢為「祖國」奮鬥，什麼支那是我們的「敵國」，我們要給打倒……都是騙人的。他們是要用這些美麗的謊言，騙我們去為日本仔犧牲，做砲灰，做他們的侵略工具。日本仔敗了。我們勝利了。這當然是很可喜的事。

我恍然大悟了。這些日子來，被空襲，被轟炸，甚至火災幾乎波及我們的村莊，大家為什麼在慌急中露出笑容？就是為我們的勝利而高興！大人們早已心裡有數，只是不讓小漢囝仔知道，怕露了口風。至於淑敏阿姨聽鼓吹頭仔，由哭轉笑，除為了我們的勝利，重回祖國懷抱，還有一樁秘密。那是那天我到她家，她太高興，露出口風的：

「日本仔敗了。咱們勝利了。咱尪（丈夫）要回來了。」

面對這片寂靜

現在，面對這片寂靜，你應該相信了吧！我在信上告訴你，我們的庭院已經是靜靜的，不再熱鬧，你一直不相信；現在，你看，不是嗎？月明星稀，整個庭院沉浸在這些乳白透明的月光裡，是月夜裡多麼美好的庭院呀！若是咱們童年彼時，正是最熱鬧的時陣；現在卻整個庭院靜靜的，不再熱鬧。你應該相信了吧！

也不能怪你。出國近三十年，人在千里外，沒轉來過，你難以瞭解二十幾年來家鄉的變化，腦海中的記憶都是童年的情景。彼時，每個夜晚，咱們的庭院是那麼熱鬧！咱們親自參與童年的遊戲、活動，親嘗其蜜般的樂趣，自然是深深記得，難以忘懷！

是的，彼時，每當月明星稀的夜晚，尤其是夏秋月明星稀的夜晚，咱們吃過晚飯，便往庭院跑，玩各種遊戲，甚至晚飯常常在庭院裡吃，把庭院弄得很熱鬧，直到夜深了，驅蚊的火籠子已熄，不再冒煙，咱們才漸次回到房裡安眠。

是呀！咱們玩很多遊戲。你且說說看！那是很甜美的回憶。

唱歌，對！咱們學大人唱那古早古早的民謠、山歌、情歌、採茶歌仔、歌仔戲調等等，滿有情調滿有風味的！

演奏樂器，對！咱們推（拉）弦子、彈月琴、吹洞簫、笛子等等，有的是林投葉、竹枝做的，嗚嗚喔喔的，好不悅耳！有時「無腔信口吹」，也很好聽。也常做唱歌的伴奏。

打拳，對！練身體，修武德，兼保身！咱們打好多種拳：猴拳、白鶴拳、少林拳、武當拳等等，走穩馬步，出拳回拳，虎虎生風！

聽大人講古，對！那些古，不管武俠、民間傳說、章回、神奇、鬼怪，都動人心弦，攝人魂魄，都有忠孝節義在，都能教忠教孝！

拗手霸，對！拗的人用力拗，旁觀的人大聲小叫。你常常是最好的，春來常常是最差的。若是只用一支中指拗的，我便所向無敵。

玩捉水魚，對！那是最熱鬧的了。捉的人一聲「水清田螺走精」，全場的人便鬨鬧走動；一聲「水濁田螺不可走」，全場的人便誰都不准走動。他原就用布巾蒙著眼睛，看不見，只憑某種感覺去捉，有時可以捉到，卻常常撞上牆壁、厝柱仔腳、大條凳、籐椅、大人什麼的，激起一陣大笑大叫，多好玩！

玩踢空錫罐，對！有的人躲到尿桶旁、床底下、門板後、便所等，不一而足，有時躲得整身是蜘蛛網，是灰塵，髒兮兮的，挨父母的罵。

玩單腳競走、推拉，對！天賜仔常常是最快的，玉印仔卻是推拉的冠軍。

還有捉螢火蟲，對！當屋簷邊、庭院間、籬笆上，有一兩盞閃爍的小燈飄遊，便成群結隊叫喊著，爭先恐後地蜂擁而上，螢火蟲一驚，往郊外便飛。咱們哪肯放過？便急速跟上去，常常被引到村外田野，不怕黑暗、跌倒和所謂的「鬼」，帶回整身的汗，整身的濕，帶回整身的泥和髒，整身父母的責罵。

還有，剖甘蔗、拔河、咯雞到未……還有什麼？一下子記不起那麼多了。也是的。一下子要把童年趣事重新細數，當然不容易。

對！你講得沒錯！就是這樣，童年的趣事真多，深深印在咱們的心裡，融化在咱們的每一滴血裡，成為咱們的一部分。庭院的夜晚，尤其夏秋月明星稀的夜晚，即使手取葵扇，坐在籐椅上乘涼，都已是人間至樂，何況有各種遊戲、活動，那麼熱鬧、活潑、純真、歡樂、舒放、健康而自然，是叫聲、笑聲、哭聲和話聲的大混合，是動作、語言和嬉戲的綜藝節目，是咱們每一個人都親自參與的連續劇……唉，怎麼會講到連續劇呢？連續劇本來沒有什麼不好；但是現在已經是我所最厭惡、唾罵不已的名詞了。

為什麼？講到現在，你還問我為什麼？看來你還沒有進入情況。難道你還不知道夜晚庭院的熱鬧是被什麼所奪走的嗎？

就是連續劇嘛！看起來你是真的不知道了。我還一直以為你是裝的呢！

怎麼講？事實擺在眼前，你竟然還問我怎麼講？現在，月明星稀，庭院裡本來應該非常熱鬧，卻反而靜靜的，除了咱們兩人以外，別無他人。為什麼會這樣呢？那些應該在這裡的人都跑哪裡去了？

對！就是這樣！他們被連續劇吸引在電視機旁邊了。那麼，夜晚庭院的熱鬧是被連續劇所奪走的，不是很清楚了嗎？

其實，講連續劇奪走了夜晚庭院的熱鬧，也不是絕對正確的。只因為連續劇特別嚴重，所以這麼講。正確地講，應該是電視。不是嗎？從有電視以後，夜晚庭院的熱鬧便大幅降低了；到現在，一掃彼年情況，沒有人來，不再熱鬧，是靜靜的，靜得寂無人聲。相信你是知道的，你所在的美國也是這樣，許多電視迷，每天從電視節目開播起，便打開電視機，一直要看到深夜電視節目沒有了，才悻悻然關掉電視機，上床睡覺，連吃飯都在電視機前吃電視餐。電視有這麼大的魔力，夜晚的庭院，怎麼還熱鬧得起來呢？

是！我並不是反對。電視是現代文明的產物，有不少好處，連續劇也有它的優點。都市裡，地窄人稠，交通擁擠，高樓大廈密集，人們去處少，躲在電視機旁邊看電視，並沒有什麼不好；但鄉下就不應該這樣了，每戶人家屋前屋後幾乎都有庭院，竟然不去運用，做各種遊戲、活動，卻被吸引在電視機旁邊，徒然辜負大好庭院和大好夜晚，那就錯了。

道理太簡單了。小孩子是不能不做遊戲、活動的。小孩子不遊戲不活動，一生便完了。現在有許多幼稚園，教小孩子寫字、背書，不讓他們遊戲、活動。那是最大的錯誤，是在謀殺天才。一個人在幼小時，做越多遊戲，做越多活動，得到的經驗越多，長大以後，各方面的發展便越好，越能適應環境，與人合作，解決問題，創造發明。那麼，為什麼不讓他們遊戲、活動呢？不，不但要讓他們遊戲、活動，而且還要引導他們遊戲、活動，和他們一起長大。還有，休閒活動，顯然動的比靜的好。與其賭博，不如看電視；與其看電視，不如做遊戲、做活動。你講對不對？

對就好！咱們好多學生都戴深度近視眼鏡，大部分人都罵學校功課壓力太重、考試太多什麼的。其實是嗎？不是的。他們大部分功課成績不好，但考電視節目內容、歌星等卻可得滿分或接近滿分。我有一個學生，幾乎考國文都不及格；但是新歌在電視播一次，他立刻能唱。這證明了他們是名副其實的電視兒。他們的近視眼鏡，是電視給戴上去的，也是電視給加厚鏡片的，不是學校的功課。

來這麼久了，竟然沒有螢火蟲出現？蛙鳴和蟲叫聲也較少了？庭院顯得更寂靜了？你竟然能夠發現！真了不起！你講的一點也沒錯。才回來沒幾個小時，第一晚便能夠發現這些，我真佩服你有這麼敏銳的觀察力。

是呀！牛幾乎不見了。你也發現了。這並沒有什麼大不了的。是農業機械化的結果。既用機械耕種，不用牛，牛自然就少了。這，咱們最多少看一些牛而已，少欣賞些牧童倒騎牛背

「短笛無腔信口吹」和傍晚牧童趕牛回家的圖畫而已。但有好些別的問題很嚴重。

別大驚小怪。何止於此？還有更嚴重的，若是多在這裡住幾天，你就會發覺：客鳥（喜鵲）已經看不到了，白翎鷥（白鷺鷥）已經幾乎絕跡了，雉雞也幾乎看不到了。許多鳥不見了或少了。許多走獸不見了或少了。有些土地已經變成死土，西瓜、木瓜生了毒素病，椰子生了枯死病，香蕉生了黃葉病，人也頻頻患癌症什麼不知名的死骨頭怪病。你若是還有以前的想法，認為在鄉下隱居，可以耕讀一生，悠閒自在，可以延年益壽，長命百歲，什麼都吉祥如意，那你就錯了。我敢講，若是陶淵明活在現代台灣，他會沒有一塊田園可以隱居；若是梭羅活在現代台灣，他會找不到一處湖濱可以隱居。台灣鄉下，唉，我真沒話可講。

不會這麼嚴重？恐怕不見得。我一樣樣講與你聽吧！聽了你就不會這麼講了。

以前咱們常去游泳、捉魚的廊仔溝，你知道現在怎麼樣了嗎？已經沒有人敢去游泳、捉魚了。

不相信？明天我帶你去。整條溝的水已經污濁不堪，和以前的清澈見底，游魚可數，婦女在那裡洗裳（衣），大為不同，可講已經面目全非！

為什麼？不必驚奇，因為有人在上游養豬，又有工廠和養魚池，豬屎、污水、廢水都流進溝裡了，河水變成了滾滾濁流，髒得一踏糊塗，誰敢進去游泳、捉魚？尤其田裡噴灑除草劑、農藥的水，也流進去，對自然生態和人的傷害，更是嚴重！

不是！不是只有廊仔溝！若是只有廊仔溝，那就不會有問題了！現在全省河流沒被污染的，已經很難找到了。廊仔溝的情形只是現今台灣河流污染的代表性樣本而已。螢火蟲的滅跡，青蛙的減少，便是水污染造成的「大好成績」。當然水汙染也不只造成這些「大好成績」而已，還有更多更嚴重的，譬如貝類的死亡和帶毒等等都是，而且好些帶有的毒性很高。

污染只有都市才有？你這是從一些報導上看到的。其實，鄉下的污染才嚴重！都市的污染只有空氣一種；但鄉下的污染則除空氣以外，還有河川、土壤和食物。

別急！我慢慢講與你聽！河川污染，我剛才已經講過，不再重複，我且由空氣污染講起吧！鄉下的空氣污染和都市的不很一樣，都市的空氣污染只是車輛噴出的油煙，工廠噴出的廢氣，鄉下的空氣污染則除這兩種外，還有養雞場、養豬場、養魚池、除草劑和農藥所製造的，尤其是除草劑和農藥所製造的最是嚴重。當農人在田間噴灑除草劑或農藥，漫空便都是混濁的除草劑或農藥的煙霧和藥味。我剛才講：「若是陶淵明活在現代台灣，他會沒有一塊田園可以隱居；若是梭羅活在現代台灣，他會找不到一處可以隱居的湖濱。」這不是沒有道理的。你的農作物不噴灑除草劑，但是鄉下年輕力壯的人都跑到都市裡去了，請不到工人除草，你要如何？你的農作物不噴灑農藥，人家的噴灑了，所有的害蟲便都飛到你的農作物上為害，你要如何？鄰家一年到頭噴灑除草劑、農藥，使你全家整年都被除草劑和農藥的煙霧和臭味所籠罩，你又要如何？除草劑能毒死草，農藥能毒死害蟲，不能毒死人嗎？

當然能？你在報紙上看過，噴藥的農人有被毒死的？這不就證明鄉下的污染比都市的嚴重嗎？剛才咱們講的是空氣污染，其實土壤和食物所受的污染也很嚴重。試想，除草劑能毒死草或甚至人，農藥能毒死害蟲和人，難道毒不死土壤中的益蟲嗎？土壤中就是因為有益蟲，才會是活的，才能耕種出作物，譬如蚯蚓，被稱為「大自然的耕夫」，「肥料的製造者」，是益蟲，土壤裡就是有牠們，才有空隙，才會鬆，才會有氧氣好呼吸，土壤才會新鮮，才會活，不然就變成死土了。現在就是土壤中的蚯蚓，被除草劑、農藥給毒死了，土壤變成死土了，所以會有西瓜、木瓜、香蕉的怪病發生。另外，對於食物的污染也不可等閒視之。想想，明天要收割的稻子，明天要採收的蓮霧，有的農人今天還在噴灑農藥，稻米和蓮霧會留有多少殘毒？我現在不敢吃別人家種的蓮霧，道理就在這裡。有好幾次吃了別人家種的蓮霧，滿嘴發麻，你想，我還敢吃別人家種的蓮霧嗎？

我舉稻米和蓮霧，只是舉出為例而已，並不是只有這兩種才這樣。若是你這麼想，那就錯了。幾乎所有水果和農作物，殘毒留存率都很高。幾乎所有野鼠、山兔、鴿、雀、魚、蝦、貝類都帶有毒性。我這麼講，你就知道食物污染的嚴重性了。咱們肚子裡已經吃進了多少毒藥？身上藏有多少毒藥？你是想像不到的。這些毒藥什麼時候發作？咱們沒法拿捏得準。所以癌症和什麼不知名的死骨頭怪病，頻頻襲擊人類，便沒什麼好怪的了。有時候想起來，禁不住要悲從衷來，唏噓嘆息。唉，不講也罷！

是呀！人們被電視機吸住了，螢火蟲很少出現了，蛙鳴和蟲叫聲較小了，夜晚的庭院還熱鬧得起來嗎？講人類愚蠢，每個人都會否認，都會辯講「人為萬物之靈」，可以運用腦筋，發明許多尖端科技，造福人類。這並沒錯，但是，水能載舟，也能覆舟，科技對人類會造成利或害？就看人類的良心和道德，如何去善為運用了。

對！就是咱們人類要運用聰明的腦筋，發展有利人類的科技，不要「聰明反為聰明誤」，發明些為害人類的東西。你這說法最好，正是畫龍點睛！

宗親傘　外四則

我有一支傘，是由台灣許氏宗親會送的。我稱它為宗親傘。

宗親傘，它令我想起，我和宗親們血肉相連，臍帶相通，令我有很親切的感覺，彷彿我許氏先祖列宗正在我左右，宗親們正和我懇切歡談，我正躺在媽媽懷抱的安全港裡……。

這支傘，傘柄是木製的，有一隻鴨子的頭部形象。喙上的線條歷歷分明。傘骨是鐵製的，亮白，相當精緻。傘布是滿佈白色圓形小花的深青防水布，有一扣環，收傘時只要一扣便不散開。傘柄上方約三寸的地方，有一個自動開傘壓鈕。只要往那裡一壓，傘便發出一聲輕輕的「蓬」，自動張開來，構建成為一個半圓形頂篷，一個溫馨的天地。

一般的傘，許是雨傘，用以擋雨，許是陽傘，用以遮日；這支宗親傘則與眾不同，是雨傘，也是陽傘，可以擋雨，也可以遮日。

是的，它是雨傘，也是陽傘，可以擋雨，也可以遮日。每當下雨，我便撐開它，雨便被擋在傘外，沒能侵犯我，打濕我。每當出大太陽，我便撐開它，烈日和燠熱便被遮於傘外，沒能烤曬我，凌虐我。這支傘，為我擋雨，遮日，保護我，庇蔭我。

這是最重要的。這支宗親傘可以擋雨，遮日，保護我，庇蔭我……。

衷心感謝它，感謝許氏宗親和許氏先祖列宗。我要勤奮努力，好自為之，以無負我許氏宗親和許氏先祖列宗，並設法回饋。同時，我也感謝社會、國家、大眾，要勤奮努力，無負社會、國家、大眾，並設法回饋。社會、國家、大眾，也是一支為我擋雨、遮日、保護我、庇護我的宗親傘。

聚光鏡

「我的點燃了！」說這話的是一名較大的孩子。他說得神彩飛揚。

在窗外玩聚光鏡的孩子不少。他們一個個拿著一塊圓圓的聚光鏡，把紙放在地上，然後調整聚光鏡和紙張間的距離，使光聚在紙面一點上，要把紙點燃起來。這是利用太陽能源的一種遊戲。他們玩得很熱烈，興致很高，即使在大太陽下，被曬得滿頭大汗，也是興致勃勃，不時有人大叫起來：

「我的點燃了！」

「哇！好好呀！……我的怎麼點燃不起來？」

「來！這樣嘛！你看！」點燃了的那個孩子把聚光鏡給拿過來。「調整好焦距最重要。調整好焦距，紙張便會被點燃起來了。」

他的話才說完，在地面的紙張就已經升起一陣淡藍的輕煙，被點燃了。

「哇！點燃起來了！好好喲！」

「你試試看！」

「好！」他接過聚光鏡，開始調整焦距。他試這又試那，點不燃，再調整；不久，在地面的紙張終於被點燃起來了。

「這是什麼道理？為什麼調整好焦距，紙張就會被點燃起來？」

「你聽說過『用志不紛，乃凝於神』沒有？」

「嗯？」

「你聽說過『精誠所至，金石為開』沒有？」

「嗯？」

「你聽說過『團結就是力量』沒有？」

「有！……啊！我懂了！專心，效率就好。」

「對！就是這樣。」

牽手

「台灣話把太太講作牽手，是不是？」

是一個夏日午後，我在某個南方小鎮的火車站候車室等車，聽到一個年輕人這麼問一名老年人。

「是呀！」那老年人說：「其實，台灣話牽手，還不僅指太太呢！」

「若無，還指什麼？」

「還指愛人。」

「啊？」

「免著驚！台灣話源遠流長，非常優美，語彙豐富，調就有八個，你們這些少年的哪會知影？不知就不知寶惜，不知要學，予它們失傳或變了意思，實在可嘆！」

「台灣話有什麼好？牽手指太太，也指愛人，根本就沒意思。」

「是安怎講沒意思？」

「查某人予乾甫人牽到手就是太太或愛人，你講怎麼會合理呐？」

「怎麼不合理？不但合理，才有意思哩！」

「這時陣乾甫查某不時都嘛在牽手，有哪一個查某人沒和人牽過手？若照你講，予乾甫的牽過手就是他的太太或愛人，那乾甫人的太太或愛人有多少，查某人的愛人或尪有多少，就算不了了。」

「你安尼（這樣）講就不對。」

「怎樣不對？」

「時代不相像了。這陣大家社交公開，古早時代不但社交不公開，查某人根本就關在綉房仔內，要去哪裡見乾甫人，和乾甫人牽手？只有結婚彼晚，面罩佩仔（面紗）翻起來，乾甫的才知影他的太太是牛是馬，才牽手，平時安怎樣去牽手？所以牽手用來指愛人或太太，非常合理，而且很有意思呀！」

「嗯！有理！」

「當然有理！」

掌握

看見幾個年輕人在看手相，其中有幾個在起閧，那樣子，看起來是半開玩笑，彷彿在演戲，不是真的。

我想起了以前那一次看手相。

也是他們這樣青澀年紀時。正風行著看手相。也是幾個年輕人。

「來！把手伸過來！我給你看手相。很準的。」那天下午，我們好幾個年輕朋友聚在一起，老陳很有權威地說著，用左手推了推架在鼻樑上的眼鏡。

我把右手伸給他。

「不對！你要把左手伸過來，看手相是，男左女右，不能搞錯。」

說著，他一把把我的左手拉了過去，扳開我的手掌，開始有板有眼地看起手相來。

「好呀！你的命真好。你看！感情線、生命線和事業線都又粗又長，沒有分歧，也沒有中斷，你一定是感情豐富，愛情專一，生命力堅強旺盛，沒有病痛，大發大展……。」

「是嗎？」

「是呀！」

「真的？」

「真的！」

「別胡扯！」

「別算了！算什麼命？」突然老吳闖了進來。「好命算到歹命，有命算到沒命。」

「亂吵！你別來鬧啦！」老陳好不高興。「你快給我滾！」

「你懂什麼命理？亂編亂蓋！」他回轉話鋒，向著大家：「我的才正確！」

「什麼？你也懂得命理？」

大家盯著他。他什麼時候研究起命理，會看相的？大家心裡都有這個疑問。

他拉過我的左手，要我給拳握起來。「命運掌握在自己的手中。你看，這一握拳，不是把生命線、感情線和事業線都握住了嗎？」

鳳梨催熟的故事

鳳梨可以催熟，是用電石放在鳳梨樹根部，催使鳳梨早熟，提前收成，以便物稀為貴，賣好價錢。這種方法，現在很流行，以前是沒有的。

據說以前某地，有兩個種鳳梨的農人，鳳梨園相鄰，因故發生糾紛結怨。其中有一個心地不好，常想陷害另一個。有一天，他想到了一個辦法。

電石遇濕，便會發熱。其熱力相當大，可以燒傷植物和人畜，甚至予以燒毀。他想，既然如此，把電石放到鄰家鳳梨園，不是可以把他的鳳梨燒傷燒毀嗎？果然如此，他便可以達到陷害對方的目的了。

那天夜裡，他趁夜取了電石，偷偷地走到鄰家的鳳梨園裡，把電石放到鳳梨的根部，一棵一點，一棵一點，直到每棵鳳梨的根部都放了電石，才踅回家睡覺。

他心裡暗自高興，鄰家的鳳梨這年的收成一定會是不好的，或甚至全部泡湯；相反的，他的鳳梨收成正常，正可以顯示出他的鳳梨豐收。

日子一天天地過去，想看好戲的他卻越來越吃驚：鄰家的鳳梨不但沒被燒傷或燒毀，反而長得好，尤其是提早結實，提早收成，而且收成得更好，賺好多錢。這真像是給他重重的一拳。

「塞翁失馬，焉知非福？」「傻人有傻福。」居心不良，太精明，不一定就得有好處。所以鄭板橋說：「難得糊塗。」不無道理。

出乎意料之外，鄰家知道是他放電石之後，不但不抱怨，反而前來感謝他。他們兩個竟然因此又言歸於好了。

出乎意料之外，第二年起，兩家竟然都用電石來催使鳳梨早熟了。

一傳十，十傳百，一年過了又一年，後來，竟然幾乎所有種鳳梨的農人都知道，用電石可以催使鳳梨早熟了，便紛紛爭相採用這方法了。這方法已經是現今種鳳梨的農人最流行的催熟方法。

綠色項鍊及其他

記憶裡，有一串串綠色項鍊佩在頸間、胸前，也有一條條手鐶（手鐲）掛在小小手腕間，佩掛得琳瑯滿目，在我小的時候……。

「辦傢伙（扮家家酒）去！」

「好呀！」

在這個世間，小時候沒玩過辦傢伙的人大概不多吧！這是出於小孩子們的嚮往成為大人，喜歡模仿使然吧！以現在較流行的用語來說，這是一種認同，一種角色扮演，是吧！沒有當過丈夫、妻子、父親、母親等大人，沒做過大人做的事，當一當大人，做一做大人做的事，多好！即使不是真的，過過癮也滿不錯的。於是，你當丈夫，她當妻子，妳當母親，他當父親，大家士農工商了起來，食衣住行了起來，婚喪喜慶了起來，熱鬧非常，一小塊瓦片或鉛皮當鼎（鍋子），砂子當米，樹葉、草莖當菜，泥粉當鹽、味素，還有的當菜刀、砧板、碗、盤、筷子、桌子等等，兩個人四隻手彎曲相握成四方椅，抬新郎、新娘，大人們尤其是婦女的一些裝飾品，對小孩子更是稀奇，他們更想佩掛；可是得不到，怎麼辦？

「用樹葉花草做嘛！」

「好呀！」

於是，小孩子們頸間、胸前、手腕等處便出現綠色項鍊及其他裝飾品了。

大自然裡有的是資源，製作綠色項鍊及其他裝飾品的材料，怕什麼尋找不到？真的項鍊及其他裝飾品的材料，像金、銀、如意、鑽石等等，本來就是來自大自然的；綠色項鍊及其他裝飾品的材料自然唾手可得。路邊、田岸、籬笆、田野到處都有。你看！頭花四方骨的花、昭和草的花、吊燈花的花、蕃薯的葉和花……最多最常用的是蕃薯的葉。

蕃薯是大家耳熟能詳的農作物，幾乎到處可以種成。其果實由地下莖長成，埋在地下，成塊成累，一般吃食的就是這一部分，人們種植主要的也是為了這一部分。早年經濟不好，用來補助食用的，主要的就是這一部分。其地上莖則伸展成藤，匍匐在地面各處，遍生蔓長，越攀伸越長越遠，每隔一小段距離便有一支骨（莖枝）長出，擎舉起一面掌狀葉，像一支支特小號的綠傘，「摩肩接踵」，相接成蔭，遮蓋藤蔓所經過的地面。製作綠色項鍊及其他裝飾品的便是這一部分。

蕃薯葉的骨是稚嫩的，皮的部分卻有絲（纖維），拗之可斷，卻因有絲，可以使另一邊藉絲的作用，連續而不斷，也就是一邊斷了，另一邊仍然「絲連」，這樣交互輪流拗折的結果，一根骨就被拗折成一條有珠子的鍊條或手鐶，可以佩在頸間、胸前，掛在手腕上了。珠子是一小段圓形的葉骨，碧綠，半透明，如綠色翡翠、如意或翠玉，很精巧細緻可愛，串而成珠串，連而成鐲成鍊，佩掛起來，也有一種特殊的鄉土味，也很像真的，即或不然，在小孩子們心目中給看成真的，也是頂有意思的。

小孩子們玩起辦傢伙，製作綠色項鍊及其他裝飾品，總是興緻勃勃的，全身全心投入的。

「來！我們來辦傢伙！」

「好呀！」

「妳來當新娘！」

「歹勢（不好意思）啦！」

「有什麼好歹勢的？來！掛上這串項鍊！」他半強迫地替她化裝了起來。

「哇！好水（漂亮）呀！」

「真像新娘呀！」

「本來就是新娘嘛！什麼真像新娘？」他叫了起來。「來！新郎新娘一鞠躬！」

是了！他們正玩著嫁娶扮新郎新娘的遊戲，扮新郎新娘的，佩掛得珠珠串串的，在他的口令下，恭恭敬敬地行了一鞠躬，女的還嬌羞得滿面通紅呢！

熱烈地，全身全心投入地，糊裡糊塗地，小孩子們猛玩著辦傢伙，猛當大人，猛做大人做的事，猛製作綠色項鍊及其他裝飾品來佩掛，卻讓時間在不知不覺間悄悄地溜走，等有一天猛然醒覺，驀然回首，已是中年，已是眉髮霜白，它們已成點點履痕，有些甚至糢糊不清，近於消失……唉！

養鴨人家

又從高屏大橋上經過，又看見橋下河床上的鴨群。牠們成堆成隊，好像點點片片白雪，點綴在黑色灰色的水邊沙灘上。

養鴨人家是從什麼時候開始飼養白色鴨子的？我不確實知道。第一次看見牠們是一九八五年春天，我跟隨省新聞處作家省政訪問團到東部去，在南下的遊覽車上看見的。高速公路兩邊河流、水塘，有人養了很多白色鴨子。我原沒有注意到，還是同坐的台視駐中部記者余如季先生指給我看的。他說原來的鴨子毛根是黑色的，雖然宰了，拔光了毛，仍有殘留在身上的，很礙眼，有的人看了不敢吃，白鴨沒有這缺點，所以很多人爭相飼養。

有道理！

原來的鴨子毛色確實不是白色的，是灰色的、黑色的、土色的，也有釉藍色的，毛根真的是黑色的，被宰被拔光了毛以後，毛根總或多或少留一些在皮肉上，影響吃食者的心理。

以前的農家，總要飼養一些家禽家畜的，就和他們總要種些菜一樣。他們飼養的家禽家畜，包括牛、羊、豬、狗、貓、雞、鴨、鵝等等，不一而足。牠們有些是養來撿食人們吃剩下的食物的，豬、狗、貓、雞、鴨尤其是。但是也有人「專業」飼養，養鴨便是。

那時候，附近聯防莊裡有幾戶人家專業養鴨。

一般人家養的是番鴨，矮腳，上下較扁，體積大，有鵝的態勢，羽毛釉藍，善游水，能飛，飛得將近雉雞飛的那麼遠，常常在傍晚時分便飛到人家屋頂上。專業養鴨人家所飼養的不是這種，是盧鴨。

盧鴨比番鴨小了些，差不多有未生蛋前的小母雞那麼大，腳較長，上下扁的程度沒有番鴨那麼嚴重，羽毛呈灰土色，雜有紅土色，也善游水，不會飛。養鴨人家總養很多，幾千幾百隻不等。他們總把鴨槽（鴨欄）設在水邊河裡，鴨子都被關在鴨槽裡，不住「呷呷」地叫，游水，覓食，作青春遊戲，縮起一隻腳只用一隻腳站立瞌睡，等等。

不管是作肉用或作生蛋用，鴨子常關在鴨槽裡是不好的。肉鴨會長不快長不肥。生蛋鴨生的蛋會不夠大也會不多。這些叫做睏鴨。養鴨人家供給的食物主要是稻穀。在營養上說，這些對牠們是不太夠的。牠們還需要動物方面的食物來調劑補充。牠們所吃動物方面的食物包括肚滾仔（蚯蚓）、雞母蟲、螻蛄、土伯仔（土蟋蟀）、蟋蟀、草蜢仔（諸種蝗蟲）、田嬰（蜻蜓）、蚊子、水蛙（青蛙）、蝌蚪、小魚、小蝦等等。為此，養鴨人家常要給趕出去放養。

放養鴨子，剛割過稻子的稻田、剛在耕犁中的稻田和已經除過三次草到稻子開花前的稻田是最好的了。不礙農時又最好討食呀！養鴨人家把鴨槽的門一打開，鴨子便成群「呷呷」魚貫而出，向前奔跑而去。養鴨人家需要費一番工夫，才能讓牠們上路，直向目的地。通常他們拿一根綁了布條的長竹竿作工具，用來趕鴨子前行；如果鴨子走錯了路，可能用來趕牠們走上「正途」。

養鴨人家最難能可貴的可能是點數鴨子。把鴨子趕出去放養時，共有幾隻？要點數清楚；放養中，要隋時點數清楚；放養回來，也要點數清楚。這樣才能隋時掌握鴨子的數目；不然，那麼一大片稻田，隨時隋處都可能碰到水稻、草叢、水窪，掉了一隻兩隻是稀鬆平常事。隨時點數，掉了可以立即去找。想想，那麼「小不點」的鴨子，一大堆一大隊，密密麻麻，動來動去，跑來跑去，如何點數得清楚？不簡單！萬一錯了，以為中途掉了一隻或兩隻，要盡心費力急急去找，最後發覺是點錯，白緊張一場，會多惱人！

現在，那種養鴨人家在鄉間農村已經不見了，代之而起的是飼養白鴨。牠們多被養在河流、水塘，飼以飼料，受百般保護，寵愛有加，成為睏鴨，不被趕到稻田討食了。以前養鴨人家飼養鴨子的情景，便成了我記憶深處的斑斑履痕了。

豆香

又是毛豆收穫的季節。可以看得見，大人、小孩、男人、女人，成群在豆田裡割毛豆，成群在帳篷下摘毛豆莢；也可以看得見，車車毛豆連株棵被車進帳篷，堆得像小山，又一車車已被摘下的毛豆被車出去，很多人家裡在滿溢煮熟的毛豆香味中，一家人坐在客廳，邊看電視邊剝吃毛豆……。

是的，每年這時候都是毛豆飄香的季節，在凜冽寒冬中，一家人坐在客廳，邊看電視邊剝吃毛豆，是一種極溫馨的事。

小時候，冬日裡，我們也常沉醉在豆香裡；只是那時候沒有毛豆，有的是黑豆、白豆、黃豆、綠豆、紅豆等。

是十月稻子收成後種下豆子的。台灣種稻，原分兩期，第一期稱四月冬，第二期稱十月冬，以農曆為準，前者在農曆四月收穫，後者在農曆十月收穫。以前很重季節，現在科技發達，經過品種改良，收穫期雖然已經漸漸提前，仍然有季節性存在。那時種豆，總在十月冬稻收穫後。哪一家稻子先收穫，哪一家先種豆。

種豆時，有犁翻田土撒種的，有就原田土不犁翻種下的。犁翻田土撒種的，通常是把割完稻子的田地用犁予以犁翻，用割耙耙鬆田土，然後撒播豆種，使之發芽、成長，以至收穫。就原田土不犁翻種下的，在種豆前，總是先散放稻草，點火燃燒。其作用，一方面是燒死害蟲，一方面則是燒了成灰，可以當肥料。每到那時候，田野裡到處可以看到煙火，有時候濃煙蔽空，甚至波及田畔道路，行車視線被蒙，人被煙所嗆。但是農人們卻很喜歡這種種豆法。不為別的，省工又有成效也！

所有農作種植，種下了以後，灌溉、除草、施肥、除害都是必須的；種豆自不例外。灌溉，最早是用自動冒出的泉水，後來改用抽水機抽水；施肥要看豆子成長情況和需要，需肥便施；噴藥除害則看害蟲侵害豆子的情況而定。這三項自然比種稻子的工作量少了很多。除草也看豆子成長的情況而定，豆子長得茂盛，草便少了，甚至可免除草；但是像懶惰的陶淵明那樣種得「草盛豆苗稀」，除草便很吃重辛苦了。

毛豆是只要豆莢飽熟了，不管株棵有否枯黃，都可以用鐮刀割下來車回去摘；那時候種的豆子則不同，總是讓株棵枯黃了才給拔起，車回家中埕裡曝曬，然後用豆梗打，或讓牛拖著石輪滾，豆子便掉在埕面上，等把豆子的株棵叉走，便可掃得一大堆豆子，用畚箕盛了放進布袋（麻袋）裡。如此反覆數次，豆子便幾乎全數收得了，也就結束了。

收穫豆子是相當辛苦的事。拔豆子，彎著腰，每每彎得腰酸背痛，打豆子和叉走豆子的株棵則每每使手掌冒起一個個繭，至於其他的疲勞就更不用說了。但是，看見一顆顆圓鼓飽滿的豆子被打下來，掃成一堆堆，用畚箕盛了放進布袋，改天再倒出來曬，一部分留了自己吃用，大部分糶出去，心裡便有無限的興奮。

在這段期間，令小孩子們最興奮的是，常常有一股股豆香到處噴灑洋溢。收了豆子，小孩子們有豆子好吃了。做母親的總是疼愛子女的，常常自動或禁不起子女們的要求，煮綠豆湯、紅豆湯，炒黑豆、白豆、黃豆，給孩子們打牙祭。綠豆湯、紅豆湯香甜可口。炒熟了的黑豆、白豆、黃豆，很是酥脆，一咬便碎，還發出一種輕脆的聲音呢！還有，炒熟了的豆子，也很清香，香味撲鼻，香得小孩子們直流口水。有些小孩子意猶未盡，也偷偷取了一些，用豆子乾枯了的株棵點燃起火來煨，也很清香，很具鄉土味，往往吃得齒頰留香，臉上擦了「黑胭脂」。

現在，那情景已很少見了。主要是農人們以種毛豆來取代種那些黑豆、白豆、黃豆、綠豆、紅豆等了，大家便改煮毛豆剝來吃了。在凜冽寒冬的夜裡，煮了，一家人坐在客廳，邊看電視邊剝了吃，有圍爐之意，也滿有意思。每次看見，每次聞到毛豆香，便令我回憶起童年的豆香，彷彿那些豆香的履痕又歷歷在我眼前。

用臭油燈的日子

大概是我讀初二的時候，我住的村子才開始有電。在那以前，我們每戶人家夜晚照明，用的都是臭油燈。那是用臭油燈的日子。

直到現在，我仍清楚記得，那時候我們鄉間流傳著一則這樣的逸事：

有那麼一個人，眼力不好，記性又差。有一個晚上，他取了一隻玻璃瓶臭油燈，往牆上的一根釘子掛上去，說時遲，那時快，釘子突然飛了。臭油燈摔在地上，摔得玻璃碎片四散。好在沒有發生火災。原來那根釘子是一隻蜻蜓。牠停在牆上，看起來很像掛臭油燈的釘子。他沒看清楚，就將臭油燈掛上去，蜻蜓驚飛，便造成了那樣的結果。他為此很生氣，記著下次再看到停在牆上的蜻蜓，一定要給一掌拍死。下次看見一隻蜻蜓停在牆上，他便狠力一掌而下，頓然「噯喲」了一聲，痛徹心肺。原來他又看錯了。那是一根釘子。

這樣的逸事，對現代年輕的一輩，往往會被當成編來騙人的故事，不能接受。主要的原因是，他們沒看過臭油燈，沒有過類似經驗。

很難想像人類那段沒有火來照明的時期，夜晚是如何度過的。是否每到夜晚大家便躲在屋裡不出門？萬一要出門呢？是否靠星月微光的照明來摸索？如果是無星無月的夜晚又如何？

據說火是燧人氏發明的。他是用鑽木來取火的。據說在這以前，人類因為利用工具，相互碰觸，尤其是碰觸石塊，便會發出火星來。小的時候，我們小孩子便曾試過，確實會發出火星，尤其如果碰觸的是白石頭。後來，也有集螢火蟲來照明的。不管用什麼來照明，人類知道用火，是人類文化的一大躍進，除進入熟食而外，暗夜裡已大放光明。

燈，乃所以照明，有好多種；在我小的時候，我們夜晚用來照明的則是臭油燈。

那是一個小小的透明玻璃瓶。底部框以薄鉛皮，瓶身再框上兩環薄鉛皮。底部薄鉛皮和兩環薄鉛皮間，再以薄鉛皮相連，便可以穩住瓶身，懸掛牆上。瓶口以ㄇ字形薄鉛皮為蓋，中穿小孔，鉗以中空直豎薄鉛皮捲筒，塞上棉芯（燈蕊），直達瓶底。只要瓶內裝有臭油，棉芯便會吸上油，一點火便可燃燒，放光照明。棉芯燒短了，燈的亮度不夠，便用針給挑高起來，火便又旺了。

臭油燈瓶內裝的到底是什麼油？是柴油？是煤油？是重油？大概都有吧！印象最深的是，那些油好臭，萬一不小心手沾上了，很不好洗掉。之所以被稱為臭油燈，大概就是這個原故吧！燒了後，煙味相當重，而且煙濃，釘了釘子的牆上，常常被薰成一個小燈燄的黑色印記。好在那時臭油燈不多，不造成污染問題。

臭油燈，燈焰小小的，發出的光不很亮，也照不遠，所以夜晚到處仍然是黑漆漆的，叫怕黑的人不敢走動，如果有呼呼風聲或嘩嘩夜雨，更是怕得要命；要看書，只好湊近燈焰，只要臉上肌膚不感覺灼熱，頭髮不被燒著，要湊多近便可湊多近。但是，即使這樣，仍然不能看得很清楚，常常還是模模糊糊的，尤其是風來了，燈焰便搖搖晃晃的，更是模糊不清，風再大些，或舉著燈走到屋外照路，一下子便被吹熄了。可惜，屋漏偏逢連夜雨，那時經濟不好，屋子是茅草平房，「環堵蕭然」，風很容易「溜」進屋子，也需掌燈外出，晚上臭油燈被風吹熄便是常事。雖然那麼艱苦，燈光那麼「弱小」；可是那時候患近視的人卻不多。大概是那時的臭油燈是自然之火，發出的是自然之光，不像現在的日光燈和電視螢光幕閃爍得那麼厲害，也沒有現在的人那麼每天整晚有時整日被吸引在電視機前吧！

現在，那些臭油燈已難見到了，用臭油燈的日子已過去了。是電燈的出現，把它們給趕走的。電的魔力殊大。只要一接通，再重的機器都動得了，電視螢光幕便出現影像，收音機便可以收播聲音，電燈便會大放光明。現在，電燈終於取代了臭油燈了。其實，臭油燈的火是自然之火，發出的是自然之光，與現在的電燈日光燈相比，雖然光度差，卻閃爍少，也有其好處！「愛眼」之類可以保護眼睛的日光燈已出現，據說可以保護眼睛。但願如此！

看山

山到底有什麼好看的？

山，雄壯，高峻，宏偉，博大。山，蘊藏豐富，有礦產，有觀光資源，有人類健康激素。山，有草，有花，有樹，有鳥，有獸，有新鮮空氣，有優美音籟，有悠然之氣。山，有寂靜之美，大自然的美。山，為而不有，有而不言。山，謙虛自持，不吹噓誇大。山，提供人爬山之樂。山，有忍耐德性，能忍人之所不能忍，任風吹、雨打、太陽曬，不為所搖所動。……山，就是為了有這些而好看？所以「仁者樂山」？所以「如果你呼喚那山，而山不來，你便走向他」？

一般人大概是這樣吧！對於小時候的我，很多卻不是這樣，而是別的。對山的很多看法、感覺和感情，我都是後來學得或發現的。

原來我住得距離山不遠。從小，只要面向東，一抬起頭，我便看見山。

那山叫做大武山，有人給叫做大母山，是中央山脈的餘脈。

它綿延著，從北向南，至鵝鑾鼻入海，最近的地方距離我的住處不到十公里，只要面向東，一抬起頭，便可以看見。它具有一般山脈的特質和個性。這是不用說的。它總是堅強屹立，日夜不移。夏秋時節，颱風來襲，它為我們阻擋的颱風就不知凡幾，使我們住在西面的人，得以減少受颱風之害。它成了我們的天然屏嶂。山上，幾乎林木處處，即使有住家，有山田，也和林木同色：蓊蓊鬱鬱，極為蒼翠……。

很喜歡看那山，也很嚮往去一探究竟。

它平時是蓊蓊鬱鬱，極為蒼翠。如果遇到下雨，它便不同了，是更蒼翠欲滴，鮮綠之至。大概是平時綠草綠樹的綠葉多多少少沾有灰塵諸類污物，看來有些灰，遇到雨便被洗淨了。尤其是剛剛下過雨後，大部分地方都被烏雲的陰影所遮覆，有幾塊地方從烏雲間隙漏下的陽光照映著了，和遮覆著的地方相對照，顯得格外亮綠，對照分明。這種現象雨前有時也可以看見，只是對照程度沒有雨後那麼強烈就是了。另有一種現象，於傍晚時分常常可以看見，那就是燒火的藍白色煙，常常從下而上，給那山貼上藍白色條帶。這現象自然也是雨後最明顯。那時候大家的說法是，原住民在煮飯了。現在想起來，覺得不可能。煮飯的炊煙不可能那麼一大片，那麼明顯。應該是有人在燒木柴，製造木炭。那時，大家盛行在烘爐（火爐）裡用木炭燒火煮東西。木炭便是山裡種樹的人砍木柴製成的。還有，雨前雨後，虹也是常見的，令人產生許多幻想。

因為距離那山不遠，平日也常可看見原住民。最常見到的地方是中山路和我就讀的潮州國小門前榕樹下。他們皮膚黝黑，身上時常可以見到刺青，穿著大紅大黑大青的衣服，男的則大多赤裸上身，常常用一個籐籃盛了山上的物產，頂在頭頂上，打赤腳走路到鎮上來。這是一個很特殊的風景。它們要頭上頂著這籃東西，赤腳走崎嶇山路下山，再走約十公里到鎮上，不是容易的事。中山路是全鎮最熱鬧的一條街，潮州國小門前榕樹下則常有人聚集，有點像小市集。他們到這些地方後，便以山上的物產和鎮民交換東西。——又回到物物交易的時代了。他們帶來的山上物產，包括鳳梨、薑、山地蕃薯、木柴、花生、芋頭乾、山兔、松鼠、猴子、銀器、珠寶等等，其中芋頭乾是最多最出名的了，以至於我都吃過。其實，除了香，那些芋頭乾有什麼好吃的？那些芋頭乾已被曬得硬到了極點，牙齒沒有相當「功力」是沒法咬得動的，何況又沒什麼味道。但是，「物以稀為貴」，還是有些鎮民和他們換。至於其他物產，也總是有人和他們換。平地的食米、米酒、衣物、蔬菜等等，是他們所想要所換取的對象。換過了，他們便又打赤腳回山上去。

對他們居住的山地，我一直深具好奇心，一直嚮往去走一遭看看；但是，十公里左右路途，對一個當時的小孩子來說，打赤腳走路前往，是遠了些，不像他們原住民，走慣了，不臉紅，不大喘其氣，加上山地管制，對那邊又不熟，我迄未如願。後來，等到我能夠前往，原住民的生活已相當可以，好些事情都已相當平地化，再沒有什麼神秘感了。對於山，我已學習或發現和一般人一樣的看法、感覺和感情了，那又有什麼特別好去的呢？唉！罷了！罷了！

珠子汽水

有一個朋友，在初中時，跟隨他父母去參加喜宴，自己用起子開汽水，用力過猛，瓶蓋被扳開後，竟衝飛到他的左眼，把他的左眼珠撞壞。雖然他父母忙亂了一陣子，求名醫診治，仍然罔效，救不了那隻眼睛，只好裝假眼珠，至今引為憾事。

這種事情，在珠子汽水時代是不會發生的。珠子汽水是以珠子當瓶蓋的，開啟時是把珠子壓到瓶子裡。它不可能跑到瓶外傷人。

珠子汽水，其實「內容」和一般汽水無異，只是全部是乾淨純粹的，沒有加入任何人工色素，喝起來特別清甜可口。裝汽水的瓶子很特別。是綠色的小瓶子，玻璃特厚，很不容易摔破，約有小孩子的奶瓶大小，瓶子的中央部分凹下去，瓶口小，正好可以讓放在瓶內的玻璃珠塞住，跑不出來。那是很巧妙的設計，汽水製造者在裝滿汽水後，借用瓶內的氣壓，玻璃珠正好衝上來，塞住瓶口，不須瓶蓋，汽水不會漏出來。自然，開啟瓶子喝飲，不會發生瓶蓋傷及人眼的事。

「嗤……波嗤……」

開啟珠子汽水瓶來喝汽水，大人力氣大，用拇指從瓶口壓下玻璃珠，便可以了；對小孩子來說卻是不簡單的。小孩子力氣小，玻璃珠緊塞住瓶口，壓不下，便沒得喝了。常常，小孩子要用拇指在瓶口壓玻璃珠壓了老半天，壓得拇指都發紅疼痛了，仍然壓不下。

「嗤……波嗤……」

皇天不負苦心人，花了九牛二虎之力，用拇指在瓶口壓玻璃珠壓了老半天的那個孩子，終於把玻璃珠壓下去了，汽水泡沫發出嗤的聲音，夾雜著那個小孩子的喜悅，猛從瓶口衝冒湧出，小孩子便趕快用口去接飲或把瓶子放傾斜，以防繼續湧出流失……。

那是台灣光復初期，我們的經濟相當落後，儘管物稀為貴，小孩子們喜歡喝，卻不容易得到，只要見到，總要向大人發揮「纏功」：

「我要喝珠子汽水！我要喝珠子汽水！……」

不管是不是「纏功」發揮的力量，如果大人答應了，小孩子們便高興得活蹦亂跳，不亦樂乎：

「哇！真好！我有珠子汽水喝了！我有珠子汽水喝了！……」

那時候大部分人家都窮，普遍的飲料是開水，喝汽水顯得有些奢侈。大部分人家都認為，那是奢侈品，並不是生活必需品，不喝又不會怎樣，能不喝便不喝，不喝可以省一筆開支。小孩子要喝到汽水不是容易事，能喝到，自然雀躍萬分。

倒有一個場合可以開懷暢飲珠子汽水。那就是喜慶宴會，尤其是結婚喜宴。小孩子喜歡跟隨大人參加喜宴，道理就在這裡。主人家每每以之宴飲賓客。都是放在大水桶、大臉盆裡，夾放冰塊以冰冷之。那時沒有冰箱呀！在那場合，小孩子最高興了，總是一瓶又一瓶不停地灌。有些小孩子就只灌汽水，灌得肚子鼓脹鼓脹又鼓脹，放著豐盛的大餐不吃。有些小孩子甚至把喝光了的空瓶子也帶回家。

把珠子汽水的空瓶子帶回家幹什麼？望梅止渴呀！隨時搖一搖，聽玻璃珠撞在玻璃瓶上的清脆響聲呀！裝水灌土伯仔呀！……

但是，珠子汽水終於不見了。

為什麼？因為瓶子太小，裝的量不夠喝？因為現代人的拇指已經柔嫩到無力壓開玻璃珠喝飲？我想，更可能的想當然是，我們經濟繁榮了，工業發達了，有其他花樣許多口味的汽水飲料了，尤其是有保特瓶裝的，不會打破的，搬運更方便。但是，那許多花樣許多口味的汽水和飲料，常常是加了人工色素的，可能造成對人體的傷害程度如何？用保特瓶裝，對人體的傷害又如何？……我真不敢再想下去！還是珠子汽水好！那種清甜可口的味道，那種用拇指在瓶口壓下玻璃珠的嗤嗤聲，冒出白色泡沫……是多麼令人懷念！

我寧願要珠子汽水！

火窗

火窗是一個迷你烘爐（火爐），外加一個用竹編成的竹籃，有耳可以題取，方便隨身攜帶。爐中還有爐舌，可以放木炭燒火；但是，和一般烘爐有所不同，沒有爐口可以放入木炭或扒走灰燼，木炭須從上方放下，燒成灰燼後，也須由上方取掉或倒掉。

火窗不是用來煮食的，是冬天寒冷時給老人們取暖用的；燃燒的不是木柴而是木炭，乃在防其火太烈，一下就過，希望火溫而持久。

冬天時，天氣寒冷，不僅對老人們來說，是很不好的事，即使對一般人來說，也是一樣的。寒流一來，冷風一吹，寒氣如刀割，像一個個惡魔，舉著一支支無形的充滿寒氣的利劍，到處亂砍，肆無忌憚，甚至刺透人們的衣服，肆虐人們，使大家被冷得不住發抖，難以忍受，無處逃躲，血氣較衰的老人們尤其是難受。那時，不僅經濟不好，科技更是落後，房屋設備差，牆壁往往「環堵蕭然，不蔽風日」，要有今天的冷暖氣設備，簡直作夢都沒想到。夏天時，固然風雨可以進到屋裡來，太陽也可以進到屋裡來，弄到屋內大鬧水災，或熱如烘爐；冬天時，冷風更可以長驅直入，穿堂入室，冷得大家大打哆嗦。

這時，大家最需要的自然便是溫暖了。

溫暖何處求？

當時，曬太陽是最普遍的方法。往往，在屋前埕裡，在小板凳上、長條凳或籐椅上，坐著好些人，尤其是老人們，邊曬太陽邊聊天。但是，如果沒有出太陽呢？小孩子可以用玩各種遊戲，譬如擠牆角、賽跑、騎馬戰等等，來取暖；青壯年人可以用工作來取暖；但是老人們呢？還能玩什麼遊戲？還能做什麼工作？人家說，老人像小孩，別的方面也許可能，尤其是脾氣；但是血氣絕不可能和小孩子一樣，和青壯年也不可比，要他們躲在陰冷的屋裡受冷，發抖，那是不行的。這時，火窗便很重要了，便發揮它的功能了。

小小的火窗，燃燒著木炭，火雖然不猛，溫熱卻盡情發揮無遺。它在漫漫寒冬寒冷中發揮出溫熱來，正如在茫茫沙漠中出現一朵盛開的玫瑰，人人喜愛，最須要溫暖的老人們更不用說了。

「把火窗拿來！」

當天氣由熱轉冷，需用火窗了，老人們這樣一叫，我們小孩子便趕緊去拿火窗，放進木炭，給點燃起來，送到老人們身邊，連同溫暖。

「溫暖了！」

拿到火窗，不需多久，圍繞在老人們四周的寒冷便被驅逐了。他們感到溫暖了。其實，造成這溫暖的，恐怕不僅僅是火窗發出的溫熱，應該還有兒孫的孝心之溫熱吧！這是一種親情。世上親情最可貴，最溫熱。

隨著時間的過去，時代變了，我們的經濟繁榮起來了，科技發達了，平房草屋慢慢被鋼筋水泥的樓房所取代了，也有冷暖氣設備了，寒冬裡，老人們禦寒是沒有問題了；可是，使用火窗時的那股鄉土味何處尋？兒孫孝心之溫熱何處尋？現在的社會是一個工商業極度發達的社會，大家忙碌不堪。兒孫們鎮日忙碌自己的事，沒時間來送給他們孝心和親情的溫熱。即使有，也是匆匆一瞬；兒孫們離去後，他們的孤獨寂寞，不會比冬天的寒冷更寒冷嗎？現代為人兒孫者能不深思？

甕

回鄉下舊居，又看到了甕，只剩三個，其中兩個已破裂，丟在屋後楊桃樹下。許多和甕有關的往事，便紛紛向我湧來……。

那是小時候，甕相當多，各種各樣的，大大小小的，顏色略異，成為一種特殊鄉景，與甕有關的事自然也多，紛繁雜陳。

有一種甕，肚子大大的，口是敞開的，直徑約有一公尺，一樣的陶土質料，一樣的赤褐顏色，裝水的就叫做水缸，裝米的就叫做米缸，裝酒的就叫做酒甕。水缸和米缸，每戶人家都有，前者所以裝水備用，後者所以裝米備用；酒甕則只有店仔頭（雜貨店）裡有，所以裝酒備售。須用酒的人家，隨時可以拿了盛器去搭（買）酒。人們最常拿的是空米酒瓶，店主人便打開瓶蓋，放上一個漏斗，翻開酒甕的蓋子，用勺子舀酒倒進去，顧客要多少，他便給舀多少，極為自由、便利。那酒也叫米酒，但不瓶裝，也叫米酒頭，但也不瓶裝；性質則和瓶裝的米酒及瓶裝的米酒頭很近似，凡進補都需要這種酒，鄉下一些喝烈酒的人也需要這種酒——喝了才過癮。酒甕裡的酒如果存量少了，店主人便通知公賣單位來補充，使不匱乏。日長月久累積的結果，「好酒沉甕底」的俗諺便被「釀造」出來而且到處流行了。

這種甕的用途，較著者還有兩種。其一是用黑豆釀造醬油時，煮過曬過的黑豆，便是和了滾過的水，加鹽和糖，放在這種甕裡慢慢釀造出來的。其二是這種甕還可以用來催熟香蕉，把青澀的香蕉放在裡頭，用電土（電石）或線香來燻，便可催熟，效果很好，可使香蕉由堅硬生澀變成又軟又甜又香。

其他種類的甕則較小，也是肚大，口或開敞或窄小，形狀類多相似，種類則繁多，用途也隨之殊異。菜脯（蘿蔔乾）、鹹菜乾（酸菜乾）、豆脯（豆鼓）、高麗菜乾、蕃薯簽、白米等，製好曬乾了，可以裝進甕裡儲藏，只要把甕蓋好，讓甕外含有水氣的空氣不流進去，便能保存長久，不會腐壞。甕還有其他用途，也可以用來製作豆乳（豆腐乳）、醬菜等，後者如蔭瓜、蔭脯、蔭蘿蔔等，尤為多種多樣。如果是裝有湯汁，則需在裝進前洗乾淨，曬乾，加夠鹽，封好蓋，才不生白（白色泡沫）壞掉，可以儲藏久一點，以備雨季菜受雨影響產量減少時之用。

那是經濟較為落後的時代，人們窮，食物不足，製作脯類食物是很重要的一件事。乾季時，菜類不受雨浸，出產得多，為備雨季菜少，於是冬春兩季便是製作的「大月」，大家奔忙於收穫，搬運，洗切，醃製，放在埕裡曝曬，然後儲進甕裡。這時，到處可聞菜脯、鹹菜脯、豆脯、高麗菜乾等散發出來的鹹、酸、甘交雜的淡淡鄉土味，到處可見製作——收穫、搬運、洗切、醃製、曝曬、裝甕等的鏡頭，最後，當製作完畢，更可見到一個個裝滿脯類的甕排列著，成為一種特殊的鄉景，在灶腳（廚房）、床下、倉庫、桌下、牆邊……。

這有些像螞蟻、蜜蜂的儲糧過冬，只是儲藏和提用的季節不一定相同。人類和動物在物質需求方面，其實很相像，越古早越是如此，越原始越是如此。冬春乾季儲藏的脯類，到了雨季菜少時，人們便搬出來了。「物以稀為貴」，那些脯類常常變成是寶。那是怎樣的一種好滋味！鹹、酸、甘，別有一種滋味！——至少至少很能下飯則是必然的。

時間奔流過去，帶走舊的。當然其中有甕。因為我們的經濟轉好了，不再需要甕來裝水，裝米，裝米酒，時間只好把它們帶走。

於是，甕少了。

是的，甕少了，和甕有關的那些事，紛紛遠去了……。

蕃薯之種種

見到有人炕土窯，令我想起蕃薯之種種……。

記得一九八五年三月，我以「這條路」一文，得省新聞處「故鄉四十年」散文徵文第三名。有一名評審評論那次應徵作品說：「千篇一律的素材不出蕃藷簽……。」有人說，他對寫那些「蕃薯年代」的作品有輕蔑之意，我卻不以為然。我認為他寫的是事實。那次應徵的作品，十有九篇以上寫的是那些嘛！我當然也不例外，寫了那些。事實上，那不能怪作者，他們是這樣生活過來的呀！寫作，除了想像，事實很重要，而且想像不能憑空，要以事實為基礎。何況那次徵文主旨很清楚，是要記錄那四十年來的故鄉事，忠實非常重要！寫那些，正可以顯示出，我們如何從極貧窮中奮發向上，掙脫貧窮的枷鎖，以致今日的均富、安和、樂利。

果真那是一個極貧窮的年代。那時，台灣剛光復，育樂方面不用說了，較基本的食衣住行方面都很艱困，讓我們活下去的主要力量——食，自然不例外。那時，除了副食不足，主食也匱乏。也難怪！用人力，用獸力，又加品種未改良，肥料不足，稻米產量差乃是必然。稻米產量差，只好找替代物了。埔尖（陸稻，其實也是稻米）、高粱、小米、玉米等加進去，仍然不夠，而且這些又種不好，產量也差，又不太合大眾口味，只好求諸蕃薯了。蕃薯在那時種得好，產量很多，又鬆軟香甜可口，很可以補稻米之不足。

種蕃薯，以蕃薯果實直接埋在土裡發芽長苗的少。那樣，長成的時間久，等根向外伸展，土已變硬，長出的果實不易碩大。蕃薯果實在鬆土中才會長得大。因此，種蕃薯以壓條為佳。種前，先整地，將土打鬆，再犁成一壟壟，然後將剪好的蕃薯藤埋進壟上鬆土裡。蕃薯藤必須先剪好，約一尺長，靠近頭的部分要在地上打一打，摔一摔，破壞它發芽長葉的機能，埋進土裡後才會生根，不發芽長葉，把發芽長葉的工作交給沒有埋在土裡的尾部。

蕃薯，最大的特徵是會長出球根。那便是蕃薯的果實，人們取食的最主要部分。如果蕃薯的根和一般植物的根一樣，蕃薯便不成其為蕃薯了。有人推崇土豆（花生）的品德，說土豆把果實長在土裡，默默不語，不向人炫耀；其實蕃薯也是一樣。長球根的植物，洋蔥和大頭菜也是的；但是它們只就頭部發育長大，單單一個，不像蕃薯長出好多個，成一大串。這麼說來，蕃薯便兼具土豆和洋蔥、大頭菜的優點了。

不僅此也，土豆、洋蔥和大頭菜的地上部分沒什麼大用，蕃薯的地上部分則用途大矣！不說小孩子們製作綠色項鍊和採了花玩，它們還可以割了給豬、牛吃，也可以採了給人當菜吃。豬、牛之吃蕃薯的地上部分是藤、莖、葉，可以生食，也可以熟食。豬主要是熟食。人們割回連莖、葉的蕃薯藤後，便用菜刀剁成約一公分長的一小段一小段，然後放進大鼎（大鍋）裡煮，煮熟了，按每天三頓，舀進豬槽（食槽）裡給豬吃。當然，那些料（那些煮熟了的藤、莖、葉）裡，也常夾有小孩子們餓了挖來吃的點心——小蕃薯；餵豬時更須加餿水，有時也加米糠。牛則生吃，也常剁了曬乾，儲藏起來，和儲稻草一樣，等乾季草枯，牛吃的草少時作補充之用。至於人則採蕃薯的莖、葉部分，撕掉絲，切成一小段一小段，炒、燙、水煮，滋味都好，現在市場上已可買到這種蕃薯菜。

蕃薯生長的過程中，須要作一次中耕。它兼具鬆土、除草和施肥的作用，非常重要。蕃薯的中耕，首先要把蕃薯藤挑到壟的一邊，然後以掛了犁壁的犁去犁翻沒蕃薯藤一邊的壟土，把草除進犁溝裡，施上肥料，再用犁把土翻回來。完成一邊後，另換一邊。台語稱之為「開偎」，或許就在此吧！

然後，就輪到收穫了。

開始的時候，先把蕃薯藤割除取走，用掛著犁壁的犁逐壟犁翻兩邊壟土，然後拆去犁壁，將剩餘飽藏著蕃薯的壟土犁開，便展現出許多蕃薯了。蕃薯，一顆顆，一串串，飽熟，豐碩，皮被嫩肉撐得好光滑，發出光亮，不管是紅皮的，是白皮的，不論是白肉的，是紅肉的，是黃肉的，是檳榔心（粉紅）的，都發出蕃薯香味，薰人欲醉，都充滿著喜悅，炸開人們的笑臉……。

蕃薯用途殊多，可以切塊或搓簽，夾放進米裡，煮成蕃薯飯，吃起來特別香甜可口。另外，它們可以搓簽曬乾了儲存起來，日後慢慢夾放進米裡，煮成蕃薯飯；也可以洗曬成粉，儲存起來，需用時便取出來，煮成許多種粳類菜樣。蕃薯另外還可以煮成蕃薯糖，還有許多變化：煎、燜、炕、煨……味道各自不同。農人收穫了蕃薯，一時用不完，製作不完，便存放在倉庫、桌下、床下等處，慢慢「消化」掉。當然，和在蕃薯田裡一樣，招來老鼠、雞、鴨、鵝等的偷吃，自不在話下了。

隨著時間的流逝，時代的推移，經濟形態的改變，種蕃薯的人少了，現在蕃薯竟成了奇珍，很多人反而喜歡吃蕃薯飯，尤其早餐稀飯裡，如果夾放進蕃薯或蕃薯簽，更是香甜無比，風味絕佳，人人喜愛。不過，我敢很肯定地說，有好多人吃了，會被引回到當年，去搜索已經相當模糊的舊履痕。

鬧熱陣

又逢年節，而且是我們中國人最大最熱鬧的年節——春節，鬧熱陣到處可見，最典型的是舞獅、舞龍，幾乎哪個街頭都有。

鬧熱陣是自古代代相傳不絕的。所以增加年節的熱鬧氣氛。它的項目殊多，常常不是單獨出現的，而是一起演出。果真熱鬧非凡！

我從小就喜歡看鬧熱陣。好熱鬧呀！那是民間技藝。好具鄉土性、草根性呀！

獅陣是最常見的鬧熱陣。這裡所謂獅陣，舞的不止是獅，還包括龍。一般說來，以前鄉間部落都有國術社團的集結。通常都由拳頭師父（國術師父）招募部落中年輕力壯的人組成，平時，利用農閒、夜晚，練拳腳。所以強身，更兼保衛部落。此外，也練舞獅、舞龍。不管是獅，是龍，獅或龍總有一個栩栩如生的頭部，然後便是用布連成的身子了。到年節時可以出去表演。表演時，一人舉獅頭或龍頭，有人披獅身或龍身隨後。獅、龍總隨著鑼鼓聲，與戴面具鬥獅、屠龍者鬥得天翻地覆，昏天黑地。這表演，其實也是一種部落自衛能力的展示，讓歹徒看了知所畏懼，不敢前往那個部落「偷雞摸狗」。大致說來，舞獅、舞龍，除了龍身較長，舞的人較多，兩者沒什麼大不同。要舞得動獅、龍，最重要的是要年輕力壯。那些練拳腳的青年便最適當了。現在有些年節時舞獅的，只有一個小獅頭，一片布披在背上，一兩個「老弱殘兵」去舞，主要目的是在「討紅包」；如果那時，根本就不能上場。那時有些獅頭、龍頭很重呢！而且有時碰到別的獅陣、龍陣或「強手」，話不投機，還會「拚舘」呢！

宋江陣也是由國術社團組織練就的。它所具有部落自衛武力的展示意義更大。宋江陣這名稱，顧名思義，應該與水滸傳中宋江為一百單八條好漢之首有關吧！同樣都在練拳腳刀劍矛盾呀！他們一到，便可看到一條條上身赤裸的壯漢，龍騰虎躍著，拳打腳踢著，棍棒刀劍齊揮著，腳步聲、喊叫聲、口哨聲、武器碰撞聲、鑼鼓聲，震天價響。喲，好不威武！好不壯觀！好不驚天動地！當然，觀眾叫好之聲便不絕於耳了。

說壯觀，說驚天動地，鬥牛也相當壯觀、相當驚天動地的。是兩隻超級巨牛，總有普通水牛的五倍大吧！內裡是空的，以竹條鐵線撐架起來，外部張以黑布，當牛的皮毛，表演的人便在裡面操縱。也有牛尾，也有彎犄角，也有一個戴面具當主人或牧童的「老雞婆」在指揮，鬥起來，常常比真的水牛相鬥還激烈，還精彩，還兇猛，還嚇人。

牛犁歌仔陣是化裝了來演農村裡農人忙於耕犁種植的。總有一張假犁，沒有犁頭和犁壁，只有犁身，後面一個化裝農夫的，把著犁，前面一個化裝為牛，拉了犁前進。旁邊有一個化裝為播種者，左肩掛著放「稻種」的袋子，不時用手去掏出來撒播。還有幾個化裝為農村男女，或幫助農事，或相互「調情」。有樂隊伴奏著。樂聲比較柔些「文」些。樂器是三弦、胡琴之類國樂器，吹奏得咿咿呀呀的。人們和著唱：「巷子內壽元莊，沒稻種撒粗糠，想到駛牛仔兄他就唉唉呦……。」

大鼓陣的花樣是比較隨時代流行遞變的。陣裡都是少女，一式白色衣褲。她們甚至跳起當時流行的舞蹈來。它最大的特色是敲大鼓。鼓聲鼕鼕，節奏明快，叫人聽了見了都要年輕活潑起來。有好些個少女哪！每個人前面都挺著一個大鼓，雙手各舉著一支鼓槌，或同時敲，或輪流敲，雙腳配合著蹦跳，舞蹈，甚至邊敲人邊向後仰，隨著鼓點，越敲人越向後仰，仰到後腦袋著地，再隨著鼓點回復回來……。

其他化裝隊伍就多種多樣了。蚌精是一個「美女」，肩臂扛著兩個蚌殼，邊走邊開合著。踏蹺（踩高蹺）的雙腳踩在綁著的竹幹木頭上，邊走邊玩把戲：或舞，或走，或跑，或跳，或裝著要摔倒，或作小丑狀……。閣棚則是以車子為交通工具，上面有各種化裝的人或物，多所像類：是仙女乘白鶴而來，是八仙過海，是玄奘取經，是牛郎織女七夕會……。

如果是迎神賽會的大熱鬧，那裡神轎便也是一項很可看的鬧熱陣了。一頂頂的神轎，古色古香，抬坐著一尊尊威武的神像，香火鼎盛。抬轎的有時候「發作」起來，狂奔猛撞，不可止些！乩童常是赤裸上身的，或舉刀劍，或取刺球，走著拳步操練著。八家將則帶著「刑具」、

「枷鎖」，化裝和行走都叫人覺得威武凜凜，威風八面，一如古之刑吏。碰到神壇，那種「拜把」、「神會」的場面，操演得更厲害，配合上鑼鼓、喊叫和爆竹聲，聲勢更不同凡響，驚人的轟動……。

現在碰到年節，鬧熱陣仍然是有的，只是人們比較忙不過來，都「壯有所用」了，找人來練鬧熱陣相當「缺乏人才」，電動化、機械化的趨勢便非常顯著了，將來會發展到什麼情境？不得而知。但願鄉土性、草根性不要丟失了才好！

有燈，我不怕了！

「哇，停電了！」

夜裡，原來不懼颱風來襲而亮著的燈，終於支撐不住，因停電而熄滅了。剎時，到處跌入一片黑暗的茫茫大海中。有好多人反射似地異口同聲驚喊而出。這是一般人的正常反應；其實，在更早的年代或某些場合裡，人們才不只這樣驚喊呢，尤其是小孩子和女孩子更常常不分古今中外都一樣，驚喊得更加驚天動地。不信？你聽！他們驚慌失措的聲音刺穿黑漆漆的夜空，噴向四方。

「哇！好黑暗呀！」

「我看不清路了。」

「哎唷！鬼來了！」

好不驚天動地！這種話音許是小孩子和女孩子的最多，有時甚至加上嚎哭、眼淚和鼻涕；但是，其中也可能包含大男人的話音。驚慌失措不是小孩子和女孩子的專利，只是大男人或有經驗或故作鎮定，並不表示就不會有。懼黑症是人們與生俱來不可醫治的癌。記得小時候，鄰村有一個洪姓大男人，都近四十歲了，在那個沒有電燈的日子裡，晚上上廁所都還要他的孩子陪呢！

黑暗和光明是相互對照的，或者說是相剋相生、相互消長的。光明的另一面是黑暗。黑暗的另一面是光明。有光明的地方往往沒有黑暗。有黑暗的地方往往沒有光明。但是，事實上，沒有光明也見不出黑暗，沒有黑暗也見不出光明。這是千古不易的定律，如顏色之有紅有黑，如人之有作有息，如海面之有起有伏。一旦這種現象改變，宇宙的化育或將遭到破壞，萬有的生生不息或將歸於寂滅，歷史或將重新改寫。

說光明和黑暗的造成，是超自然力量的安排，似乎已經不太可以令人接受。超自然的力量是誰？它在哪裡？它憑什麼來安排？在在是疑問。比較科學的說法，應該是說由於太陽的發出光芒，加上地球的自轉，帶來白天和黑夜的輪替。但是，白天裡免不了有黑暗的時候，譬如陰雨天，譬如在穴洞、深屋；夜晚也免不了有光明的時候，譬如有了燈。

是的，不管是在夜晚、陰雨天或在穴洞、深屋，不論黑暗有多深，齜牙裂齒，多凶險邪惡，有了燈，它便帶來光明，把黑暗驅逐出去，予人以安全感、肯定、慰藉、樂觀和勇氣。燈，和太陽一樣，給人們帶來光明；但卻是人工的，是人類參贊宇宙化育的力量。

在黑暗中，人們常常是猶疑的，悲觀的，頹喪的，不安的，洩氣的，憂懼的，甚至是痛苦的。在黑暗中，人們看不清事物，認不清道路，跌倒、受傷往往免不了，只得靠摸索、試探來熟悉事物，尋找出路。有誰願意處在黑暗中？難道會有人喜歡黑暗？不可能！在黑暗中，人們總盼望光明趕快來臨。

是的，自古以來，人們無時無刻都在盼望光明，尋找光明。就因為這樣，人們才會孜孜不倦，不斷努力奮進，創造發明，精益求精，把文明推向最高處——登峰造極。大家盼望再盼望，尋找再尋找，「上窮碧落下黃泉」，盼望到了光明，尋找到了光明，更希望光明再光明，越遠離黑暗越好……。

其實，光明應該是依靠人們對周遭事物的熟悉程度而定，換句話說，就是依靠人們眼睛的適應力。不是嗎？在黑暗中，只要人們的眼睛能適應了，照樣可以熟悉事物，認清道路。不是嗎？上古的人類，他們原始、落後、無知、能力差，即使在白天，雖然眼清目明卻視而不見，目盲如行走在黑暗中，尤其眼光如豆，識見淺短。——別說上古人類，即使是一個現代人，讓他落入未至之境，他照樣要鬧不清東南西北。這就是眼不盲而心盲。隨著時間的推移，歷史的傳衍，人類是充滿希望的，前途是光明的。

「哇，好亮呀！」

「有燈，我不怕了！」

「我的前途是光明的。」

多麼富麗堂皇，開懷響亮，富有自信的話！它們蘊含著多少昂揚、勇毅、雄壯的情緒！

燈是怎麼來的？

在那個古早的年代，在那些個墾殖之地，好多人在鋤著地，挖著土，拿著石板的，拿著銅器的，拿著鐵器的，一鋤一鏟地鋤著，鏟著，聲音碰碰而響，鏗鏗而響。時光不停地流過，把流不完的日子流過去。到底有多少人在那裡鋤過？鏟過？鋤了多少次？鏟了多少次？誰也沒有去數。在某個黃昏，太陽已落，光線轉暗了，有某些人仍未收工，仍在鋤著，鏟著，偶然工具敲打在石塊或鐵器上，火星四散……。

就這樣，火被驚喜地發現了。

就這樣，人類向前跨出一大步了。

火，多麼有用！熟食自茲始，照明也是一大作用。

照明需要燈。

燈有蠟燭燈、電石燈、番仔油（臭油）燈、一般燈泡電燈、桌燈、日光燈、閃光燈、美術燈等等，類皆代表其時代，因其所使用的能源、製作材料和技術之不同而相異，乃隨時代的推進、經濟的繁榮、科技的發達、文明的進步而出現。它們組成了一個族群，不停地繁衍，越繁衍越多種多樣，越繁衍越精緻完美……。

燈，發出光亮，這裡一盞，那裡一盞，即使再微弱，即使只剩熒熒一點，它仍會指引人類穿過歷史的漫漫漆黑長廊，涉渡人類記憶的茫茫大海……。

在電出現以前，是蠟燭燈、電石燈和番仔油燈的時代。「燃燒自己，照亮別人」，正是它們的共同寫照，它們的共同特色。它們使用燃料。燃料燃燒時，有火焰上升，發著熱，散著光，卻每每搖曳風中，奄奄一息，很容易遭風吹熄；一旦燃料用盡，火便熄了，光熱便沒有了。

蠟燭是以蠟製成的。它本身就是燃料。它可以有各種顏色，許是白、紅、青、綠等等，也可以有各種形象，許是人物、動物、植物或無生物等等，並且可以有各式各樣的燭台。它們燃燒起來，和任何一種燈相比，都是最貨真價實的「燃燒自己，照亮別人」。它們在燃燒時，蠟油成淚流下，一直要流到「蠟炬成灰淚始乾」。那真是竭盡自己之所能，奉獻出自己了。每見蠟燭燃燒，我便不禁有壯烈之感，便不禁深受感動。

電石燈，鐵皮製的，圓筒形，內裝電石，腹邊開一小洞，為點火孔，加一規範光線方向和反射光線的半圓扇形鐵皮，如車燈，光比蠟燭燈、番仔油燈亮，照得也遠。我印象最深的是，小時候用來夜裡照明，以便捉青蛙、釣青哇。每當雨季來臨，雨水多了，水域廣了，青蛙長得夠多夠大了，一進入夜裡，滿田野便充滿了蛙鳴，咯咯嘓嘓不停。這時正是夜晚捉青蛙、釣青蛙的最好時刻。在那樣的夜晚裡，田野到處是趁黑出來討食的青蛙。牠們被電石燈一照，便呆楞在那裡，一動不動，捕捉的人在背光處，青蛙看不見，漫掩過去，手到擒來，非常容易。至於用釣的，也因青蛙被電石燈照射得呆楞住了，餌一到，牠們便不分青紅皀白地咬吃不放，很容易釣。在雨季的夜晚裡，取電石燈去捉青蛙、釣青蛙總是豐收的。不過，它的光不夠柔和，用來照明看書卻遠不如蠟燭燈、番仔油燈適合。它田野味濃，少有書香味。它是粗獷的莊稼漢。

在我小時候的那些日子裡，我住的村子還沒有電，家家戶戶用來當家庭照明的幾乎全都是番仔油燈。取其方便、光柔和、花費不大！它是一個小小的寬口玻璃瓶，裝進番仔油，上面加一個鉛皮做的蓋，鉛皮蓋中央穿一小孔，焊裝以鉛皮空心管，穿塞棉芯（燈蕊），使從瓶中吸上番仔油，在棉芯最上方點火，便成了。它可以放在桌子、灶頭等平台上，最常在牆壁上釘支鐵釘，把它掛在上面。方便，不佔地方，不容易被推倒、撞翻！不管是蠟燭燈、電石燈或番仔油燈，只要是用燃料燃燒的，有火，容易釀成火災。這是它們的一大缺點。番仔油燈如果被推倒、撞翻，可不有釀成火災的危險？所以，釘支鐵釘，掛在牆壁上最好。它點燃起來，亮度不大，一燈熒熒，如果有風，隨風搖曳，真有鬼影幢幢之感。久而久之，番仔油燈每每把牆壁燻出一個黑色火焰印痕來，如果牆壁是白色的，印痕尤其明顯。

用燃料燃燒來照明的燈有另一個大缺點，就是風如果大一點，可能把燈吹熄。如果風把燈吹熄了，情形會怎樣？這是不難想像的。天地又交回給夜晚，讓黑暗來統領，所有空間都漫漫無光，所有希望都逸失殆盡，彷彿整個人沉溺進恐懼、不安、頹喪、無助的黑色深淵中，無以自拔，無以自救，人們尤其小孩子和女孩子能不驚叫「鬼來了」、「救命」的幾希？能不毛骨悚然、提心吊膽的幾希？待燈再被點燃，才不再有黑暗，又見光明，升起笑靨和希望：

「哇！好亮呀！」

「有燈，我不怕了！」

「我的前途是光明的。」

後來，隨著經濟的繁榮，科技的發達，文明的進步，生活改善了，村子裡有電了，以電來發光之類的燈便開始出現了，而且變化成了各種各樣的燈：桌燈、日光燈、閃光燈、美術燈等等，林林總總，不一而足，族群瓜瓞連綿，難以勝數……。

是的，燈的族群是瓜瓞連綿，難以勝數的，而且可以預見，將越繁衍越多種多樣，越繁衍越精緻完美；但是，不管它的形狀如何改變，顏色如何幻化，使用的是什麼能源，名稱又是什麼，它們的主要特色是發光，乃不可置辯。它們發出光亮，給人們照明，指引人們穿過歷史的漫漫漆黑長廊，涉渡人類記憶的茫茫大海，走向光明的前途……。

人的本性都是奮發向上的，不但不喜歡黑暗面，而且懼怕、厭惡黑暗面，趨向光明、善良的一面，對於能給予光亮、指引人們走向光明前程的燈，自然喜愛、歡迎之至。一見到燈，幾乎人人寬舒心胸，綻放笑臉，自覺樂觀，安全，勇氣十足。

你是否也願是一盞燈？

是的，相信你是的。

願你是一盞燈，不管是什麼形狀，什麼名稱，用什麼製作，使用什麼能源，只要是燈就可以，在黑暗中，發出光亮，竭盡力量，向惡勢力抗爭，給人們帶來光明，指引人們走向光明的前程！

那一道疤痕

「說到農事呀！我除了使鐵耙和噴農藥沒做過，幾乎每一樣都會。」

和老陳聊天，聊到早年舊事，很自然聊到那時的「歹命」，於慨嘆現今孩童「好命」，連自家的田地在哪裡甚至被偷耕了都不知道之餘，也有一股甜蜜在心頭。

「你看！我左腳踝外側這一道疤痕就是明證。」我稍微撩起左腳褲管，把疤痕顯示給他看。

果然，那是一個艱苦的年代。那時，台灣剛光復，大家經濟不好，農村未機械化，除草劑和殺蟲劑等農藥尚未出現，肥料不足，工作幾乎全靠人力，勞動力需求大，造成人力不足，「沒魚蝦嘛好」，小孩子便要幫忙父母工作了；即使要上學，只要是假日或有空的零碎時間，都要去工作；即使年紀小，不能勝任農事，至少幫些家事也好。人力利用呀！哪像現代的小孩子那麼「好命」？

雖然工作的份量和輕重，要依個人年齡、身體和家庭狀況而定；但是，農村少閒人，每個小孩子多多少少一定要做事的。

我出生在潮州鎮南郊一個叫廍邊的小農村，也在那裡長大。那時家裡有二甲多地，農事我是歷練得不少的。我之所以敢說大話，「除了使鐵耙和噴農藥沒做過，幾乎每一樣都會。」原因便在此。而它們也成了我記憶深處深藏著的甜蜜往事，每一回憶起，除了唏噓慨嘆，也有一股甜蜜的回憶在心頭。

「黎明即起，灑掃庭除。」這是我國古訓。今天要看這景象已不容易了；我那時則是確確實實做了的。家園約有三分地，除建有房屋以外，前埕、後院是很夠掃的。最叫我難堪的是牛棚，每天非去掃除不可；如果幾天不去掃除，牛糞、牛溲和吃剩的乾稻草、蔗葉便夾雜一起，臭氣沖天，不可與聞。到那時才清理，除不好受以外，甚至把身子都弄髒了，腳也沒處踩。

至於農事，最早應該是放牛。因為那時年紀小，粗重的農事做不起，只得放牛了。那時屋後不遠的日軍基地剛被國軍接收沒多久，只有或遠或近地堆放一些炸彈，一大片地都荒著，便成了我們的牧場。大致說來，我們總是在家裡把牛鬆綁後，便把牛繩栓在牠們的彎犄角上，任由它們自行到牧場，我們隨後趕到。那片約五十甲地的「大牧場」是夠牛兒吃草、翻水、奔跑、打架、做青春遊戲的。我們這些小孩子則有許多把戲好玩。相撲、打野球（棒球）、騎馬戰、打彈珠、打甘祿（陀螺）、打七巧、挖土伯仔（土蟋蟀）、鬥蟋蟀、抓草螟仔（蝗蟲類）、拈田嬰（蜻蜓類）、釣青蛙、戽魚、抓泥鰍、游泳……哇，太多把戲玩了！我們常常玩到天黑了，牛已自己回家了，還不知道回家，要等家人來喊；回到家，則是一頭一臉的泥，一身滿是汗臭和泥土的髒衣服。

田裡的事多，修補田岸（田埂）、犁田、種菜、種豆、插秧、除草、施肥、灌溉、挑擔、割稻、搬運……樣樣需人。小孩子當然「量力而為」；不過，往往會超過體能。沒辦法，人力缺乏呀！大人忙不過來，「沒牛駛馬」，小孩子不參與，「湊腳手」，怎麼行？

——修補田岸，是將田岸的草先用鋤頭鋤去，再糊上爛泥，使不致「滲水」。這種工作最需用手力，往往致使手臂酸痛，手掌起泡。

——犁田須用右手扶著犁把，左手牽著牛繩，指揮牛向前拉，將田土犁翻。這工作最容易導致右手酸痛。

——種菜、種豆、插秧總是要彎腰的，腰酸背痛乃必然；常常在結束工作時，直不起腰來。但是，這工作是種下希望，所以總是令人喜悅的。

——另一項令人喜悅的工作則是收穫。這是誰都會喜悅的，只是也很辛苦，尤其是收割，也常常令人直不起腰，全身汗流浹背。

——除草也是令人腰酸背痛的，除水田中的草尤其辛苦，須跪在泥地裡爬行，用手去打碎泥地，把草連根拔起，壓下泥地，腰背而外，兩手的手腕也是吃力的，而泥地裡是否暗藏玻璃碎片、瓦片、鐵器、石塊、磚頭等硬物，則不可知，常常被傷害，也常常被水蛭咬噬、吸血，至於冬天，因水冷如冰，其感受自然不言可喻，我常常要誇大地說，那正如將水倒入燒熱的鍋裡，會有「嘶」的聲音發出。

我左腳踝外側的疤痕便是我當年幫忙農事的最具代表性印證。

大概已經有三十年的歷史了，它迄今仍未消失，為那個年代的「歹命」孩童作見證。

是初中時，才十幾歲，我已經在使割耙了。割耙的作用，乃在借耙刀割碎犁翻的泥土，以便插秧。是潮南國小左前方路邊那塊地，那時是我家的，現在經過滄海桑田似的變化，已經幾易主人，到了一個也是許姓的友人手中。那是一個暑假時候，我站在割耙上，以牛繩指揮著牛拉著向前耙土。到半途，我看見了一塊石塊。那時，田地的耕作都用人力，很忌諱石塊、鐵器、玻璃碎片、磚頭、瓦片之類硬物，尤其是趴跪在稻田爬行除草，很容易割傷手腳；因此，我立刻拉停牛，下割耙，撿起石塊，以自認為很瀟灑的棒球投手之姿，把石塊擲到不遠的路上，沒想到左腳著地時，正好踩上割耙的耙刀，頓時樂極生悲，左腳踝外側被割了一道約有三寸長的傷口，深及腳踝骨。我痛得大叫，驚動了在附近修補田岸的父親，火速用單車把我載到街上的醫院，縫了近十針，好久才好。

三十幾年了，疤痕猶在，就斜斜深畫在我左腳踝的外惻。它是我孩童時代生活的印記、記念性物，記載著當年大家的艱困和努力的情況，每一想起，總會隱隱傳來我記憶深處的那一股疼痛之感，一絲甜蜜的回憶……。

何處覓清蔭

夏日炎炎，火傘高張，狠毒的烈陽正發揮無比的威力，煎烤著萬物。地面，尤其是柏油或水泥路面，正像是熱鍋的鍋底，熱得燙人，世上萬物幾乎都被烤焦了。

人們側身其中，找不到地方可以逃躲暑熱，都市尤其如此，逼不得已，只好躲進室內，求諸電風扇、冷氣機了。但是，這些電器對人的身體不見得全無缺點，它們到底是非自然的。電風扇的風吹久了，或常常出入冷氣室，難免有什麼毛病上身。

那怎麼辦呢？只得憶夢了。

憶夢裡，我在童年，我在鄉下。那裡，到處是作物，是樹木，是花草，是綠蔭。夏日裡，尤其是夏日午後，樹下清蔭正是躲暑避熱的好地方。

全村最大的林蔭是我家那片竹林，其次是我家的三處芒果林、一棵大土柚樹，阿財寶姑丈家的老榕樹及黃家屋後的芒果林和龍眼林。那些地方總是村人的聚會之所；夏日中午，更是村人的休憩避暑所在。

村人在那裡許是一支葵扇在手靜靜休憩、閒聊，或是玩棋，或是吃樹上採下或自行掉落的芒果或什麼水果……小孩子則蹦蹦跳跳地玩各種遊戲；只要不相妨礙，在同一個樹蔭下同時進行也無不可。通常都會自動區隔開的，每一個樹蔭下有它各自不同的活動和景象。——當然，如果有搖著貨郎鼓的賣雜細的（貨郎）、豁布（賣布）的或爆米香的來，就會是另一番「熱鬧」景象。

在夏日裡，一棵樹是一把超級大陽傘。村中的林蔭是好多樹組成的，乃是好多大陽傘密接而成的一個大涼棚。它們共同擎舉起一片片清蔭。人在其中，清風徐來，涼意陣陣。蟬和鳥雀在附近或頂上的枝葉間吹奏著笙笛。樂音不停四散而出，如從極細噴嘴裡噴出微細清泉，噴灑成愉悅安樂的精靈。人在林蔭裡安度一季長長的夏日晝午是很愜意的。此情此景，即使真有神仙，神仙都該羡煞！

只是那是一個甜蜜的憶夢。現在即使連鄉下也已少見了。由於土地的開發，房屋的建築，酸雨的肆虐，那些樹蔭便漸漸消失了。以我舊居的那個村子來說，我家的竹林、芒果林和大土柚已經不見了，阿財寶家的老榕樹及黃家的芒果林和龍眼林也已經不見了，何處覓清蔭來安度暑熱？那種情趣又哪裡尋找？

手繭

又碰觸到手繭了。

雙手手掌靠近中指、尾指的地方，分別各有一個繭，凸凸的，硬硬的，粗粗的，雖然不是很大，卻常常會去碰觸到，不管是手摸，是眼見，或想起，總予我掀起許多回憶的波浪……。說它們太頑固應是沒錯的。我已經五十開外了，它們歷經數十寒暑，仍然緊緊黏著我，如影隨形，不對歲月的風霜有所屈服，怎麼也不被磨損融盡，難道是在向它們的主人抗議當年太過虧待他的手？還是怕它們的主人太過健忘早年的艱苦日子而立碑建祠以突顯？

那是個怎樣的年代？戰爭才結束，台灣剛光復，可以想像得到的，經濟必然凋敝落後，吃穿匱乏而外，住行簡陋，育樂幾無，大家「打拚」「顧三頓」是主要目標。工業未發展，機械化更未聽聞，大部分農村使用大量人工，大人人力不足，小孩子當然也得被「壓搾」成勞工了，所謂「沒牛駛馬」呀！

小孩子身體那麼小，體力那麼差，能做些什麼事呢？至少可以灑掃庭除呀！放牛呀！……

對了！就是從這些較輕微的工作開始的。然後，隨著年紀的增加，「進向」較繁重的工作，且讓我「屈指而算」：插秧、種菜、除草、施肥、除蟲、犁田、踏割耙、鋤地、糊田岸（田埂）……那些年代的孩子，尤其是農村的孩子，有哪一個不是做得渾身上下「土土土」的？有哪一個不是捏泥土、吃泥巴長大的？

我小時候正好「恭逢其盛」，即使上學了，除了在學校時間，放學後、星期假日或寒暑假，便得去做農事了，即使長大讀大學時，寒暑假期還是非得去做農事不可。因此，那段時間裡，我常常渾身是泥，皮膚曬得赤紅，過度「健康」。

我的手繭便是這樣產生的。其實，它們只是其中的一塊里程碑。

那是舉鋤引發的。牛犁犁不到的地方或不能犁的地方，非用鋤頭不可，譬如田頭田尾，譬如菜園、果園，譬如田岸……。印象最深的是糊田岸。

田岸是田間小路，一般所謂田埂或阡陌，一以供農人巡田行走，一以區隔各區田地，是不能犁的，犁了便鬆了，農人如何行走其上？行走其上，雙腳不就陷下泥裡了？而水也會奔流漫漶各區，沒法控制，妨害稻子生長；如果屬於不同主人，更易發生糾紛。同時，水可灌溉田間水稻，自然也會灌溉到田岸的草，以致滋生繁茂，躲螻蛄、青蛙、老鼠、蛇什麼的，也怕螻蛄、青蛙、老鼠、蛇等鑽洞漏水，因此，每期稻子插秧前耕犁，便要鋤一次草，糊一次土。鋤草是用的鋤頭，將草連土鋤下，糊則將田裡已犁翻水濕鬆軟的泥巴用鋤頭給挖了糊回去，以防漏水，由於田岸長，土又被走硬了，鋤起來最是吃力，糊時也吃力，常常做得手臂酸痛，手掌起泡流血，手繭也便一個個結成……。

當然，不僅是糊田岸，還有別的需鋤工作，經年累月，日積月累，手繭便越結越大越厚越硬越突顯，以致於成為那些艱苦日子的碑石，緊緊黏著我，如影隨形，堅硬頑固得不對歲月風霜有所屈服，怎麼也不被磨損融盡了。

寄藥仔的

「寄藥仔的來了！」說話的不固定是誰，反正是最先發現的就是了。

隨著話聲甫落，穿著入時整潔的寄藥仔的已經來到客廳。他總是有禮貌地進來，向主人鞠躬作揖，打過招呼，然後把客廳牆上掛著的藥包取下來，和主人點數無誤，換上新藥，收回舊藥，用了的補進去，做好註記，然後有禮貌地離去。

是哪個時代發生的？哪有這樣的事？

有的。是我小時候的事。

對很多現代人來說，寄藥仔實在是一件很令他們百思不得其解的事情。現代醫藥這麼發達，一條街可能就有好幾家醫院或藥房，偏遠鄉間也不乏醫院藥房，怎麼可能有人把藥寄存在人家家裡？他們許會望文生義，誤認為寄藥仔可能要透過郵局，由此地寄往彼地，或誤認為藥太多太重，搬不動，先暫時寄存一下，日後再來取走。

不對！這些都不對！

不對？不然，那是怎麼回事？

那是當時的家庭常備藥……。

什麼？沒有醫師的望聞問切，開藥方，行嗎？

且稍安勿躁！聽我慢慢道來！

那是台灣剛光復那幾年，我們的經濟並不富裕，大家生活不好。我家所在的村子，當時連電都沒有，其落後的情景，相信誰都可推想得知。醫院藥房自然很少，物以稀為貴，取費自然很貴，有病，能拖便拖，或自找藥草熬了吃，或隨便取寄藥仔的藥袋內的藥應付了事，除非不得已才上醫院；受了傷，用土粉、金狗仔毛或把鐵線藤的葉子咬一咬來止血，或從寄藥仔的藥袋內取藥來敷，然後任他自去，除非發炎腫痛，否則不上醫院。在那種環境裡，寄藥仔自然應運而生，也是在我們當時醫療方面很重要的事。

寄藥仔是藥廠的便民措施，其實也是他們在做生意。寄藥仔的便是他們請的工作人員。他們為取得人們的好感和信任，總是穿著入時整潔，儀表端莊，待人彬彬有禮。寄的藥頗多，其中萬金油、奇應丸、驅風散、薄荷玉、紅汞水等，至今我仍印象深刻，未從我的記憶中消失。這些藥都放在一個厚紙製成的藥袋裡。藥袋的外皮印格子，備填藥名和數量，以為核對註記，並免日久遺忘，雙方發生爭執。寄藥仔的每隔一段時間便來巡看一次，主要是看看有沒有用了什麼藥，用了便補充進去，並收藥費；如果藥寄存太久沒有用掉，便把舊藥收回，換進新藥。

當然免不了也有些不肖的工作人員，故意核算錯誤，騙人家的錢，或把這些換下來的舊藥，拿到另一家當新藥補充進去；不過，這種情形不多。那是一個大部分人都相當忠厚的時代。

在那樣的年代裡，在那樣的環境下，寄藥仔的有其存在的必要和空間。你別小看他們喲！在那個時代，一般家裡，如有人頭暈、肚痛、傷風感冒、受傷等，倒很能應急的呢！

寄藥仔的總騎了單車來的。他們穿得入時整潔，儀表端莊，待人彬彬有禮，補充了藥，換了新藥，收了藥費後，便又彬彬有禮地離去。——離去，他們果真離去了，不再出現，連同那些藥包。想是被現代發達的醫術和醫藥給驅離的吧！

破埤的時候

「喂！破埤了喔！大家趕緊來去掠魚喔！」

咦？這清晰而又虛幻如夢的話是從哪裡傳來的？啊，原來是從夢中，從時光隧道的那一頭——小時候傳來的！

小時候，每年破埤，大家總是這麼爭相走告，讓人人可以享受一點破埤的好處。

天地化育，有物有則，總要有變化，以時間來說，總要有日夜，有四時，有乾季和雨季。這自然有人不滿意。人本來就是不知足的！但是，不滿意又如何？如果天地間萬物全部都完美無缺，沒有變化，不是會太枯燥乏味，沒有生趣嗎？這和一首歌而沒有高低、強弱、快慢是一樣的道理。就乾季和雨季來說，乾季則不雨，亢旱乃生，萬物口乾口渴，仰望雲霓，雨季則雨下個不停，雨水太多，濕氣太重，泥濘不堪，甚至造成水災，為害殊大。老天既不如人意，將乾季和雨季調節合宜，則築埤以防水災，儲水以備乾季之需，乃為萬物之靈的人類腦中必然出現的「點子」。埤乃應運而生。

埤是擋水的堤，主要乃以防水災或用以儲水備乾季之需的，一般最常見的是水壩！早年河水橫流，一無規範，常鬧水災，另一方面則因工業不發達，灌溉設施不足，農田尤其是水稻田的灌溉，要靠老天爺下雨來幫忙，不然種不好農作物，收成差。所謂「看天田」就是最好的例子。這些情形在在需要築埤儲水，使不致缺水；雨季則破埤，使不致水滿為患，近似今日的洩洪，不同的只在洩洪不洩乾水，破埤則洩乾。

埤通常在水庫或河川附近築造，取其方便易築，也符合實際需要。好些地方，名叫什麼「埤內」、「新埤」、「老埤」、「舊埤」、「虎頭埤」等等，便是具有這種天然條件曾經被築埤或現在築有埤的地方。鄰鄉有一個名為「新埤」，鄰村有一個名為「埤內」，便是因為曾經或現在有埤而得名。

鄰鄉新埤在我小時候，它對我只是一個地名，我未曾到過，也不知埤在哪裡；等長大後到那邊教了九年書，才知道這埤是用以擋力力溪水患的堤防，服務的學校距離該埤最近的約四百公尺。在那以前，我還一直以為埤只是用來儲水以備乾季之需的呢。鄰村埤內我小時就很熟悉了。除了有親戚住在那裡常去以外，我常常在夏天和童伴到那邊釣青蛙、抓魚和游泳。

埤內的埤不大，除了埤的本身部分寬約百公尺外，其他部分沒有超過十公尺的，水也不很深，很少比我們身高還深的，魚蝦不多，每年破埤並不轟動；每年要轟動一次的是破民治溪的埤。

民治溪是匯合了好幾條支流而成的，到我就讀的潮州國小以後，為了灌溉水稻田，在鐵路過去不多遠的地方築了埤，水深約一、二十公尺，河面平均約有三十公尺寬，水流緩慢，魚蝦在那裡大量繁殖。那裡成了一個大魚場，其前後範圍大約以民治橋為中心，東到潮州國小旁，西到埤為止，約近一公里，平常就吸引了不少釣客在那裡釣魚；一旦破埤，溪水流乾了，溪裡的魚蝦除了少部分和溪水一起流走外——其實不多，事先早已佈下魚網攔截了，大部分都留在淺水或泥裡，於是全鎮大大小小男男女女都動員去抓。而且，鄰近鄉鎮凡知道的人也「大家一起來」。

「我抓到一隻了。」

「什麼魚？」

「鮎魚。」

「哇！好大喲！」

「我又抓到一隻了。」

這樣的對話和驚叫聲是隨時隨處可以聽到的。——當然也有不少人默默埋頭苦「抓」。抓魚的人帶了卡仔（魚簍），也有帶水桶、大臉盆的。抓到的魚，除了鮎魚以外，當然還有不少，譬如南洋鯽魚（吳郭魚）、本島鯽仔、泥鰍、土虱、鱔魚、鱸鰻、鰱魚、蝦子、螃蟹等等。雖然有些人會被土虱、蝦子、螃蟹或其他魚類刺傷或咬傷，雖然有人會被水蛭吸了血，雖然大部分人抓得滿身是濕是泥是累，雖然有些人會被太陽曬脫了皮，大部分人都抓得笑嘻嘻的，滿載而歸。原因之一是當時民生較苦，魚蝦是「稀有食物」。原因之二是抓魚本身就頗有樂趣。原因之三是抓了好多魚，很有成就感。

只是民治溪已被改窄，而且兩岸都砌以鋼骨水泥，新生綠地闢為公園，水混濁不堪，流得又快，再也少有魚蝦，更不需築埤破埤了。現在它再也沒有灌溉的功能，只有排水的作用。破埤時大家抓魚蝦的情景只得在夢中相見了。

林投

林投總是生長在海邊、水溝邊，一支支劍葉昂然而立，向上向外直伸而出，葉寬近於手掌，像月桃葉，雙刃鋒利而外，又兼帶刺，像鳳梨葉，是一個個仗劍少年高舉著一支支沙魚劍？

總有沙沙的聲音，從林投葉叢裡傳出，斷斷續續，不分晝夜……。

好像是大風吹動葉子相碰聲，好像是撒下小砂粒在鉛皮上的聲音……。

那是什麼聲音？

小時候，我們鄉間確實流傳著這麼一則故事，說那聲音是林投姐的冤魂製造出來的。

那則故事據說發生在台南。她是為了她移情別戀、喜新忘舊的丈夫而在萬葉如劍的林投樹間自殺的。「好死不如歹活。」誰不愛惜自己的生命？會去自殺，顯然「歹活」的忍受力已到極點，彈力已盡。她自殺了，不甘心，鬼魂便常在林投間逗留，穿梭，不時製造出沙沙聲……。

好不悲悽感人的故事！好不聳人聽聞的故事！別說前往林投間，只要聽到這故事，想起這故事，便要悲從衷來，油然而生憐憫之心，想起其恐怖處，則令人毛骨悚然，雞皮疙瘩猛冒！可是，人世間卻有好些矛盾事。為了某種目的，人卻可臨事而不懼！我們小時無懼於林投姐故事的可怖，到林投間採林投葉來製成葉笛吹，便是其一。

林投葉製作成的葉笛是很可以吹出美妙笛音的。在那時，我們常常製作葉笛來吹，卻嫌竹葉、香蕉葉、月桃葉、蔗葉或蘆荻葉製成的葉笛不夠好，吹得不夠響亮，吹不出美妙的笛音，便會忘了林投姐故事的怕人，冒了被林投葉刺傷之險，成群前往採了，削去其刺，製作成葉笛來吹，吹得嗚嗚價響，吹出鄉土之音，吹出無限樂趣，甚至於玩到天黑了，仍然不知返……。

林投至今仍然不少，常常叢生在海邊、水溝邊，一支支劍葉昂然而立，向上向外直伸而出……。

苦楝

隨著苦楝的漸漸消失，那則小時候流傳的故事，也漸漸地在消失。

故事是說朱洪武小時候家貧，衣食不足之外，頭上又長了瘡，成了「臭頭」，被僱去當牧童，夏天熱了，總到苦楝樹下乘涼。有一天，他又在苦楝樹下乘涼，一顆苦楝子從樹上掉下來，不偏不倚地打在他的「臭頭」上。他痛得要命，口不擇言地說了句：「苦楝仔，死過年！」從此，苦楝總到冬日過年前枯萎，掉葉掉得精光，和死了一樣，直到過了年，春天到了，再發芽長葉。

這故事當然是穿鑿附會的；但是小時候卻流傳得很廣。之所以如此，主要是那是個閉塞的時代，大家崇拜權威，懾於權威，朱洪武是皇帝，當然所講的話一定實現，所謂「君無戲言」、「皇帝嘴」！

苦楝在當時其實是一種很平常的樹。它總長在田頭陌畔，莊邊厝後，一棵棵孤幹直立而上，然後分叉，長葉，結子，它們的葉，細碎，繁多，有如合歡，每到冬日，必定枯萎，掉葉掉得精光，然後開出細碎的花，紫色，往往把整棵樹籠罩得如煙似霧，然後和發芽長葉同時結子。苦楝子又小又多，圓滾滾的，渾如小彈珠，內部是一個果核，包以少許果肉，外包一層光滑的果皮，先是綠色，然後轉黃。到這時已是春末夏初，苦楝子成熟了，整棵苦楝樹則已枝葉茂盛，綠蔭深濃。這是人們乘涼的好地方。夏日之午，常常有人在樹下乘涼，或坐在椅條（長板凳）上，或躺在草蓆上。

苦楝子，顧名思義，是苦的，不能吃，我們小孩子則喜歡拿了竹竿，給打下來，或爬上去給摘下來，趴在地上當彈珠玩，相互丟著攻擊對方，或裝進自製的竹槍管裡，彈出去攻擊對方。這是很刺激的遊戲，尤其是後兩者，叫聲、笑聲、哭聲和樂趣自然是繞著這些遊戲打轉的。

現在，苦楝樹已經在鄉間漸漸消失了，田頭陌畔，莊邊厝後，已很難看到；那則小時候流傳得相當廣的故事，也隨著漸漸消失了。很巧的是，權威也已經漸漸在我們的社會裡消失，民主時代是來了。

啊，這是天意？

葫蘆速寫

見過葫蘆嗎？

葫蘆是一種瓜類植物。和菜瓜（絲瓜）一樣，需要棚架以為攀緣。所有瓜類並不是都要有棚架供它們攀緣的。曾有人寫金瓜（南瓜）緣上瓜架，垂下一個個金瓜，很覺好笑。金瓜除了有一種奇大品種，用竹篾編籃來盛，吊在瓜架上，根本就不需瓜架。怎會像葫蘆瓜緣上瓜架，垂下一個個金瓜？那分明是城裡人假扮鄉下人寫的外行充內行，笑話可就鬧大了。「苦瓜貓貓（皺皺）削皮你也罵，瓠仔（葫蘆瓜）金金（光滑）沒削皮你也罵。」據說從前有一名城裡女郎嫁到鄉下，看見苦瓜外皮皺皺便予削皮，煮了吃，被罵了；看見瓠仔皮光光滑滑便不予削皮，煮了吃，也被罵。她雖發出這怨言，其實她住在城市，又從不下廚，不懂瓜類，煮這兩種瓜，對皮的處理正好相反，遭罵罪有應得。外行充內行的假鄉下人，寫出金瓜緣上瓜架，垂下一個個金瓜，也是和城市女郎同類的。——不僅如此，該文還編入教科書，編者更該罵。

葫蘆是播種的。播種後，不要幾天，它便長出芽來，由兩片嫩葉起，慢慢增加。它的藤，一分一點地長長，一分一點地長粗，給人一種攀爬的感覺，彷彿就這樣攀爬著，緣上花架，在花架上開花結果。它，果實是橢圓形的，上下長，以前的品種，上下鼓突，中腹窄瘦，一個個從瓜架垂下來，這裡一個，那裡一個，形成一種特殊景觀。如果這瓜架在住屋附近，並且常常維持乾淨，當然和絲瓜架一樣，是暑夏納涼的好地方。在那裡，人們可以在自然涼風吹撫下，眼觀花草、樹木、葫蘆瓜緣滿瓜架果實累累的美景，耳聽蟬、蛙、螻蛄、蟋蟀、土蟋蟀、紡織娘等鳴唱，任日升日落，說一夏的荒唐，談一夏的清談，享受一夏的清涼……。

葫蘆既是瓜類，和其他大部分的瓜類一樣，可吃乃是自然。它是要削皮的，炒了最好吃，煮湯也無不可，只是不要太老了就是。太老了，它就不好吃了。這時，它的用途就改變了。它的外皮已經硬化，變成很古典的赤土色。剖開來，把肉和子挖出，曬乾了，是盛物的利器。在那些年代裡，它被用來當瓢舀水，是最方便最被廣為使用的盛器了。至於不剖開來的呢？也可以挖空了，當盛物的器具使用。神話中神仙們總背個葫蘆就是最典型的了。常聽人說：「不知道他的悶葫蘆裡賣的是什麼膏藥。」便是源出於此。原來葫蘆不透明，看不見裡面，自然不知道他的悶葫蘆裡賣什麼膏藥了，用來譬喻人心隔肚皮，無以猜度。

大概是秋末冬初，葫蘆生長期就過了，葫蘆季就過了。

灌溉的意涵

近廿年以前，我有那麼一塊地，面積約一甲，剛買的時候，前手已經種了甘蔗。由於我不專事農業，忙於其他工作，且不內行，照顧上比較不周到。這樣，平日比較沒有問題，種了，由它們去，任它們自然長大；但是，一到乾季，便有問題了。

第一年，進入乾季後，差不多有半個月沒去看它們。主要是因為忙不過來，也沒經驗，不放在心上，以為它們自然會生長。那天，是初春時候，正值乾季，蜜子偶然去看了，回來大叫著說：

「完了！完了！……」

「什麼事大驚小怪？」

「都不去看看，那些甘蔗都枯掉了。」

「啊？」

「我已經按下抽水機開關，給灌溉了。你還不去看看。」

我火速前往探看。

果然那些甘蔗都已乾枯得差不多了：那些甘蔗，種下才沒多久，長得才差不多高到腰際，向上向外伸展而出的劍葉，原該碧綠飽滿，生氣盎然，如拔劍直立的少年，現在卻綠色的成分不多，有些甚至轉白，一無生氣地向下低垂……。

顯然這是缺水造成的。入春以後，迄未下雨，亢旱太久，我差不多一個月沒給灌水，缺水是必然的。一股愧疚在內心深處撞擊著我。

蜜子既已按下抽水機開關，相信甘蔗有不少已灌溉了吧！急著想看看水到底已經流到哪裡了，我便順著甘蔗壟間窪溝向抽水機的方向而行。

出乎我的意料之外，水才流到距離抽水機不遠。

原來是亢旱太久，也太久沒給灌水了，缺水嚴重，地又有些沙質，水到之處，被乾旱的沙質地吸去不少，因此流得很慢，才流那麼一點點距離，灌溉那麼一點點甘蔗田而已。

滿懷愧疚，急切地希望水能流快些，讓枯萎的甘蔗趕快吸收到水，活過來，恢復生氣，以補償一下我的疏失所造成的缺憾；但是，水卻不理睬我的急切希望，它就是慢條斯理地流，盈科而後進，絲毫不因我的心急而受影響，流快一些，真所謂「急驚風碰到了慢郎中」、「皇帝不急，急死太監」！

不過，足堪告慰的是，水流到甘蔗的根部附近，枯萎的甘蔗葉，很快地一下變綠了，充滿水分，上揚起來了，活起來了。那情形，真是所謂的大旱逢甘霖。那種快速的復甦，很叫我吃驚。我當時的興奮之情是無法以筆墨來形容的。

很多事，我們平時口頭上喊喊，其真正的意涵，不見得有切膚的真正領悟；灌溉的意涵，我平日也只是泛泛地瞭解而已，經過這次親自灌溉的經驗，我自信已經真正瞭解了。

放伴

有些事情或詞語，單靠字面或理論的解釋或說明，是沒法瞭解其真意的，實際情況或許不是那麼一回事。以台語「放伴」這一件事情或詞語來說，連橫在其「台灣語典」中，把它解釋為「謂輪流作息也。」我以為只說到了其性質一個小小的部分，單靠這字面去瞭解其真意，或恐誤差頗大。

那麼，台語的「放伴」真意為何？我以為應該解為輪流互相幫忙做事情較正確。這樣說，也許有人不一定可以瞭解其真意。我且進一步說明吧！

早期的社會形態，大家很清楚，和現在是不同的。那是個農業社會。從事農業，要耕地、播種、耘草、除蟲、施肥、灌溉、收穫等等，是很辛苦的，最早用人力，因為太辛苦、太累人了，人類便動了頭皮下的東西，頻出點子，發明鋤頭、犁、耙之類工具，並利用牛、馬等獸力。可是如果種好多地的人家，即使藉用那些工具和獸力，要一下子完成那麼多工作，憑一家人自己做，在那時是不容易的，尤其有節氣的問題，過了節氣，便種不好農作了，尤其農作成熟時，必須在短時間內收成，不然就會腐壞爛掉，農作尤其是水果價格往往調不高，原因便在這裡。在這種情況下，現在一般的做法是僱工，在那時是用放伴的，就是全村人或幾戶鄰居聯合起來，先幫這家做，做完了，輪到幫那家做，直到各家的都做完；大家相互約定，不取工錢，藉收互助合作之效。這其實是互相交換做工之意，我幫你做一天，你幫我做一天，大家稱便。

不管這是不是很原始，至少它可以使全村或鄰居大家多往來，多溝通，培養深厚感情，互助合作，互蒙其利，至少較具人情味，會有認同感，認為雖然做別人家的事情，也等於做自己家的；不管如何，不會像現今社會，尤其都市社會裡，同一棟樓也常常老死不相往來，相互不認識。

這辦法是什麼時候開始的？從周朝井田制度就開始了嗎？照理應是很早，只是無從考查；但是，可以肯定的是，這辦法我小時候是存在的。我親眼見過，印象較深的，像插秧、除草、割稻、種收蕃薯、種收豆子、種收鹹菜（酸菜）、採胡瓜等須較多人力的工作，都有放伴的情形。普通都在工作前幾天就先通知、協調好了，被通知的人除非有特殊情況，都會很樂意很熱心參與，其中一個很大原因是：互相「禮尚往來」。

不管有人專門組團包工或僱零工，自從出錢僱工，將勞力當成商品，可以買賣，銀貨兩訖，雖然因為社會型態改變，已是必然的趨勢；但是，它和放伴相比，總缺了人情味。不是嗎？尤其主人總會煮些什麼招待，尤其如果是收穫，在收工時，主人總會請參與放伴者也帶一些收穫物回去。雖然禮輕——例如送幾條蕃薯、幾個金瓜（南瓜）、幾穗番麥（玉米）、一些豆子；但那人情味可不是僱工可比的。同時，現在所僱的工人，可以用機器代替人力，那就更機械化，更無人情味了。

雞肉絲菇

在那本很鄉土的長篇小說裡，看到作者提及她們小時候採雞肉絲菇吃，引發我小時候吃雞肉絲菇的諸多回憶。雖然她是宜蘭人，我是潮州（屏東縣）人，實際距離相當遠，又不相認識，卻予我頗有同鄉之感。——台灣其實只是一條小小的蕃薯，就整個世界來說，一同住在台灣，說是同鄉也沒有什麼不可以。

雞肉絲菇是一種蕈類，可以食用，且風味頗佳。

蕈類是隱花植物，通常生長在樹蔭下或朽木上。有些蕈類是有毒的，不能食用；如果不慎誤食，就會中毒，輕則傷身，重則喪命。有些蕈類是無毒的，那便可以食用了。一般最耳熟能詳的蕈類應該是香菇。它不但可以食用，而且風味頗佳，營養不錯，頗受歡迎，加上數量不多，價格還相當高昂呢！

雞肉絲菇和香菇一樣，喜歡陰濕，只是香菰通常用朽木澆水培養，雞肉絲菇則生長在樹蔭下泥地。印象最深的是，我小時候，家屋後面不遠處有一片竹林。那是我家的竹林，面積約有二分，種刺竹、長枝竹和綠竹。那裡幾乎長年綠蔭深濃，陽光不易照到，是蕈類生長的良好環境，繁殖有好幾種蕈類。其中有些是有毒的，都較小，且顏色頗深，記得有一種紅色的菰是有毒的。雞肉絲菇是無毒的，可以食用。

每年雨季過後，先父會給綠竹整理一次。他把大部分成竹砍掉，挖開竹頭附近的土，施肥後，再覆土。等到春天來時，竹筍便在土裡長成，尤其碰到下雨，長得更多。「雨後春筍」這個成語就是這樣來的。筍大概要一直長，和雨季一起結束。在這段期間裡，先父先母總是一大早便去割竹筍，順便也採雞肉絲菇。妙的是，雞肉絲菇竟然和竹筍一樣，和雨季一起結束。我們小孩子也常會當小跟斑，一起去湊熱鬧。

雖然竹筍不和花生一樣，先開花，在土裡長果；但它把果——竹筍長在土裡，則和花生沒有什麼兩樣。竹筍長在土裡，不能讓它出青——它的尾部露出土面成為青綠色，一出青，煮食時便有苦味，因此，必須在未出青前割下來。它既埋在土裡，要如何發現呢？這可是需要經驗了。原來竹筍在土裡「珠胎暗結」後，往上長，在它上面的土會受它生長的影響，變鬆，稍為突起，而且土稍濕潤，顏色較深，只要稍有經驗的人便可看出，所以種竹人家割竹筍是沒有什麼困難的。割下來的竹筍，除了自己食用外，因為種得多，也出售。竹筍是相當普遍、口味頗佳，頗受歡迎的菜類。

在這同時，我們也採雞肉絲菇。通常它都長在竹子間，先父所覆的土上面。它幾乎是竹林裡最大的蕈類，一朵朵像一把把張開的灰色小傘，這裡一朵，那裡一朵，只要早晨進竹園便可發現，採回來以後，撕去傘面上的一層薄膜，切片，就可以煮了。——這和香菇採收了以後，予以曬乾，煮時再浸泡，使其軟化，可就不同了。印象最深的是，先母總給它和竹筍一起煮，味道特別香甜。這可不一定是為了那時候經濟較差的關係。它確實好吃呀！菇而以雞絲名，便可以想像其好吃的程度了。至今每次想起或有人提起，我還能回味出其滋味來。可惜一般市場不易買到，要嚐味可不容易。

走過廍仔溝

又走過廍仔溝。

好久沒走過廍仔溝了。自從六年前遷居北部，很少南返，便很少走過廍仔溝，對於它的懷念便日益深濃。只要南返，我總會去走一走，親自探訪探訪。

從小我便和廍仔溝有很親密的關係。它從我所住的村子南方約三、四百公尺的地方潺潺流過。我所住的村子雖然不到十戶人家，但是每家每人和它的關係都非常密切。它近在咫尺呀！

那是家庭電器還沒出現的年代，別說沒有洗衣機，甚至連電都沒有在我所住的村子出現，即使那時有洗衣機也無用武之地，廍仔溝便成了婦人家洗衣服的好所在。一大早，婦人家便把衣服洗好，提回家晾曬。

我家屋後有一條路，稱為舊路。之所以如此稱說，主要乃在和現在是屏鵝公路的新路有所區別。它橫過廍仔溝，通往旗杆厝，再蜿蜒而去。所謂橫過，其實是交叉，是沒有橋的。據說這條路以前是蜿蜿蜒蜒一直通到恆春的，後來新路築成，又寬又方便，大家便少走這條舊路了。我不知道新路築成前，這裡沒有橋，人們是怎麼通過的？無非像我小時候，走到這裡便用跳的或逕自涉水走過去吧！婦人家們一大早洗衣服的地方便是這裡。

村裡人家的衣服可以在這裡洗，不難想像得到，溝水必然是乾淨的。既然是乾淨的，夏天人們在這裡游泳乃是常見的風景。每到夏天，尤其是夏天中午，為了逃躲燠熱的圍困，很多「男生」便赤身裸體地在這裡游泳。溝水最深處大概一個大人可以直立著，腳踩在溝底而水淹不到鼻子，游泳是相當安全的。溝水不疾不徐地流著，相當乾淨，又不深，這樣的環境，是再好沒有了的游泳場所，比現在一般的游泳池不知好上多少倍。我們總游得不亦樂乎。

常常，我們一面游泳，也一面捉魚。我們捉魚，或用網子，或用畚箕，或用篩子，或乾脆用手。我們可以捉到鯽魚、吳郭魚、紅目狗鯽仔、鯰魚、土虱、鰻魚、鱔魚、泥鰍、蝦、蟹、青蛙等。土虱、鯰魚、鱔魚等常會躲在溝邊水裡土洞中，一捉便有好些，我們稱之為成甕的，捉得欣喜不置。至於蝌子（蛤蜊）、田螺、尖尾螺或其他貝類，則用篩子篩。把溝底的砂土挖進篩子裡，在水中篩，不久砂土被篩流掉了，便可在篩子撿到。不管捉魚或篩蜊子等貝類，既可得游泳之樂又有魚獲，真是「一兼二顧，摸蜊子兼洗褲」！

除了溝裡，溝岸上也有許多可記處。記得抗戰末期，每次聽到空襲警報，村人便急忙往溝岸跑。那裡築有防空壕。其實，溝岸是砂質土，防空壕築在那裡，安全上是有問題的；只要有個風吹草動什麼的，很有可能塌陷下去。到現在想起來，每每覺得膽顫心驚。不知道當時大人們是怎麼想的？為什麼不會想到安全問題？好在沒發生過什麼事。台灣光復後，鄰界水溝趙家、堂弟家、郭家、洪家、謝家等便利用溝岸來種菜、水果、番麥、蕃茄等。我和堂弟、仙來等則常常利用沒種到的地方來練跑、跳遠，做其他遊戲。每年農曆七、八月，民俗節日多，如七夕、中元、中秋等，拜拜時需用的花，我們也到溝岸邊來採。這裡自然生長有許多野薑花，溝岸斜坡上尤其多，每到農曆七、八月，純白的野薑花便開得如一片雲海，花香四溢，令我們欣喜不置。即使不是父母要我們去採了拜拜用，我們也往往留連不去。

只是，隨著歲月的逝去，台灣經濟的繁榮，產業的工業化，廍仔溝的面貌已經改變了。先是兩岸被築起石壁、水泥壁，魚兒幾乎無處藏身了，和舊路交叉的地方被鋪上水泥橋，加上洗衣機的普遍深入各家戶，婦人水溝邊洗衣的風景已經不見了，沿溝兩岸雨後春筍般聳起的養雞場、養豬場甚至現代化的工廠，幾乎已經把野薑花摧毀殆盡，所排放出來的許多廢棄物和農田裡噴灑殺蟲劑、除草劑等農藥的殘餘，流入水溝中，廍仔溝已再也沒有人敢去游泳、捉魚了。廍仔溝呀，它只有日夜不停地哭泣了。

吃菜尾

在現代，如果有人說他喜歡吃菜尾，菜尾味道多美，多好吃；絕大多數人尤其是新新人類一輩可能會用懷疑的眼光看他，認為不可思議，很多人尤其是新新人類一輩可能會掩鼻而逃，罵他骯髒死了，沒有衛生常識，不怕生病，欠缺營養觀念。

以現代人的立場來看，他們的想法沒錯。菜尾是人家吃了又吃，撿了又撿，攪了又攪，所剩下的殘餘。許是吃剩的雞鴨，許有少許肉的魚、肥膩的封（扣）肉、夾雜一些肉丸、魚丸、香腸、雞鴨內臟、山東大白菜、高麗菜、鹹（酸）菜、菜頭（蘿蔔）、芹菜什麼的。許有好多人的口水，諸菜相和，諸味雜陳，甜、鹹、酸、苦、辣，甚至到最後還有臭酸餿水味，髒死了，臭死了，只要看一眼，聞一下，都要反胃，避之惟恐不及，誰敢吃？誰愛吃？

他們萬萬沒想到，真有人喜歡吃菜尾，而且我曾親眼看到，有人喜歡得不得了，事前就準備好盛器，在宴會進行中已經先「註文」下來，宴會一結束就搶著倒，搶著盛，更甚者，在宴會進行中就已經在倒在盛了。我有一個親戚，去赴宴，如果結束時沒搶到盛到，還會一臉不高興有些敗興而返的樣子呢——且慢！你別以為他窮，他還是一位國營事業相當高職位的主管，自己還有一家電子公司呢！

沒錯！吃菜尾之風種因於經濟的窮困。當年穿衣服，小的要撿大的穿過的，破了一補再補三補，在那種窮困的經濟情況下，吃的自然也極其儉省，常常甚至去田野採野菜、抓野物來補配菜之不足。喜慶宴會中有大魚大肉，對當時常常需要過年過節才有魚肉可吃的人，即使是吃剩下的，不也求之不得？即使不是魚肉，撿了吃，不也可省卻一餐的花費？另一方面，宴會主人家如果剩菜不送出去，自己很難處理，一時吃不完，放久了會腐壞，倒掉又覺暴殄天物。最早人心尚「古」，客人不好意思拿，主人家還得一大碗一大碗，一大鍋一大鍋，半水桶半水桶地送到鄰居家呢！

有人喜歡吃雞尾椎，尤其年紀大些的。他們會說，吃雞尾椎可以除傷去鬱。是否如此？固然不得而知；但是，可以想像得到，沒有人天生喜歡吃雞尾椎。太油膩，且具雞屎味呀！之所以喜歡，是當時棄之可惜，勉強吃之，慢慢便吃出滋味了。吃菜尾也是如此。想到那是人家吃剩的，不知道有多少人的口水在裡面，多少細菌在裡面，唉，多髒呀！但是，逼於經濟，多加些鹽巴吧！多煮幾次吧！好了，吃了，越吃越煮越爛越鹹，咦？吃出味道了，鹹而外，又甘矣！

撿菜尾這風景，在現代，好些宴會上仍然看得見；但是，已經和以前頗有不同了。以前是不管魚、肉、菜、葷、素什麼的，全部搜刮得一乾二淨，全部放在一起，雜七雜八的，而且湯湯水水也不管；現在則通常予以分類，只撿乾的、好的，其味道則是單一的，和以前自然有所不同。當年吃菜尾的滋味，其可得乎？除非真正「上癮」了，喜歡那種滋味，故意給摻合在一起；不然就無可「享受」了。

烏鶖

又到春天了。又聽見許多鳥兒在吱吱喳喳啁啁啾啾地鳴唱了。每到春天，牠們便不住地鳴唱，鳴唱聲從窗外斷斷續續傳進來。常常，我從夢中被牠們的鳴唱聲叫醒。

雖然新莊現在是個都會區，人口越來越多，屋宇越來越密集，新莊國中到市公所這段一省道是全省交通量最大的路段；但是仍然有好些未建築的空地，部分荒著，部分則種有蓮、水稻、蕃薯、蔬菜等等農作物，有一個蔬菜專業區，有一個全省業績最好的農會信用部。為此，春天時候聽到鳥兒的鳴唱便不足為奇了。

鳴唱的鳥兒頗多，大家最熟悉的自然是麻雀，也是最吵鬧最普遍的鳥兒，其中有一種鳴唱聲很像烏鶖的。牠們那「嘎啾」的高亢鳴唱聲，每次聽到，總會引起我無限興奮之情，掀起我回憶的巨波大浪。

烏鶖是我們當年對牠們的稱呼，一般稱為黑卷尾，身長約三十公分，比燕子略大，比家令（八哥）略小，全身披著黑亮的羽毛，有如燕子和家令，尾巴頗長，尾端分叉，加上雙翅也長，飛起來動作相當大，有如跳舞，一身骨肉相當精實，令人覺得牠們機伶敏銳，沒有白翎鷥（白鷺鷥）那麼笨拙。牠們有著銳利的雙眼，一雙尖利的腳爪和一個銳利的嘴喙，頗富正義感，常常啄逐鷹鷲，成為鷹鷲的剋星，又吃害蟲，是農人尤其小孩子們眼中的英雄。牠們幾乎四季都可看到，尤其春夏秋三季出現頻率最大。印象最深的是落田（耕地）時，牠們總翻飛在田地上空，不過不像燕子展翅翱翔，而是撲拍著雙翅，以支撐身子在空中，見到蚊、虻、蜻蜓、螻蛄、蟋蟀、草螟阿公（蝗蟲類）等昆蟲，便俯衝而下，啄而食之。在牧場上，更常見牠們如白翎鷥，企在水牛背上，讓水牛背著走，水牛一走動，諸昆蟲受到驚擾，蹦躍驚跳驚飛而起，便俯衝而下，啄而食之。牠們習於間歇地鳴唱。牠們的鳴唱聲很特殊，不似低沉沙啞的黃鶖或伯勞，也不似低沉咕咕的斑鴿（斑鳩）或鴟鴞（貓頭鷹），是比較高亢尖銳的，最像白頭翁（烏頭翁）或半天仔（台灣小雲雀）了，只是發的是「嘎啾」兩音就是了。

當然那不是現代，是很農業很田園的年代。那時候鳥兒真多。除了烏鶖，除了已提到的麻雀、白翎鷥、黃鶖、伯勞、斑鴿、鴟鴞、白頭翁和半天仔，還有許多鳥兒，譬如客鳥（喜鵲）、烏嘴鵯仔（尖尾文鳥）、碰碰仔（台灣裁縫鳥）、青苔仔（鏽眼兒）、田企（黃鳭）、躼頷鳥（黑鷺）、雉雞、竹雞、米雞（緋秧雞）、鵪鶉、釣魚翁（翠鳥，魚狗）、勃楲（藍磯鶇）、水鴨、鴛鴦、烏鴉、老鷹、啄木鳥等等。主要是那時田野廣，耕田未機械化，農藥施用未普遍，未受驚擾外，又有豐富的食物，適於牠們存活的環境，幾乎不論何時，都可聽到悅耳的鳥鳴，可見到悅目的鳥影。農業機械化以後，牠們便被驚飛了。當然，農藥大量使用的結果，也讓牠們受毒害而死亡；加上人口增多，屋宇把田地吃得所剩無幾；牠們因此便大量減少了。

新莊以前是農業區，現在還擁有個全省業績最好的農會信用部，還有不少空地，想當然以前有不少鳥兒；現在它慢慢都市化的結果，鳥兒漸漸減少了。現在許是鳥類的「最後黃昏」吧！每想到這裡，我便不禁悲從衷來。

誰用釣鉤釣青蛙？

那天中午，看台視連續劇，發現一個很奇妙的鏡頭：一個女人釣青蛙，釣到蛇，竟然可以高高地懸在空中，然後由另一男士去處理。我所看到的是，將釣線綁在蛇頭，將蛇由頭部吊起，用以象徵蛇被釣鉤鉤住，高舉在空中。

相信包括製作人、導演和編劇等都認為這一鏡頭是相當好的，說不定還沾沾自喜、洋洋得意呢；不然怎麼會不予剪除，公然播出？可是看在知道實情的人眼裡，卻深不以為然。那錯誤非同小可，誤導更大。

為什麼？

我的回答是這麼一句反問：

誰用釣鉤釣青蛙？

電視連續劇的製作者鎖定的閱聽對象是那些不上班的家庭主婦、阿公、阿婆；但是，相信大家都知道，這些人絕大部分有釣青蛙的經驗。那個想當然的鏡頭，恐怕會把他們僅剩的大牙全部笑掉。對於一小部分從小住在都市沒釣青蛙經驗的人，則可能造成誤導。

釣青蛙是不用釣鉤的。通常釣者舉著一根長釣竿，釣線綁釣餌，垂向可能有青蛙躲藏的地方或水面。通常這些地方是雜草叢生的，用釣鉤必然會常鉤到草而無法釣下去。釣者運力使釣餌上下彈動，引誘青蛙吃餌。青蛙吃餌以後，釣者手上就會有重量感，即予向上彈挑。青蛙隨釣線上彈，有時發現不對，鬆了口，放棄釣餌，但卻已被彈在空中，落向釣者，被用袋子接住。

作家之寫作，不排除超越自我，跳出框框，寫到自己擅長領域以外的東西；但是，事實上，寫自己熟悉的東西是最好的。如果要寫不熟悉的東西，必須去研究清楚，不出錯。作品一完成，發表出去，那是和新聞記者一樣，「無恐不入」的；作者寫錯了，貽識者笑話還不打緊，最怕的是誤導。我讀作品，常會發現作者寫錯了，而且以訛傳訛，連國中課本也選進去，「遺害」下一代，真叫人搖頭嘆息。不信，且舉四例如後：

——國中課本選某作家寫鄉下人家，晚飯都在庭院瓜棚下吃。這只是都市裡的想像作家得意之作。事實上尤其她所寫的時代，鄉下人家都忙得不亦樂乎，到天黑了才進家門，哪有福氣消受那種詩意生活？同篇裡寫南瓜藤緣上瓜架，生出南瓜，垂吊瓜架上。這也是錯的。以前只有一種南瓜，果實很大，是用籃子盛了吊在瓜架上的，並不任其自垂，數年前，有一種改良南瓜，和拳頭差不多大小，據說是供人賞玩的，也可垂吊在瓜架上。除上述之外，南瓜頗重，像絲瓜、葫蘆諸類，垂吊瓜架上是不可能的。

——好多作家寫蚯蚓會鳴唱，而且以生花妙筆形容其鳴唱悅耳，如吹笛，如拉小提琴；但是，事實上，蚯蚓沒有發聲器官，哪能鳴唱？

——有位原籍高縣現居台北的陳姓作家，自謂很生態保育，酷愛自然，在他已出版的某得獎著作中寫台北市內無蟬。想許多住台北市的人必不敢苟同。台北市到蟬鳴季節，幾乎處處有蟬鳴，尤其是植物園、北一女、市立師院、總統府右側貴陽街、博愛路、延平南路、重慶南路、以前的愛國西路……。他大概是想當然耳，認為台北市人多、樓房多、車多，污染一定嚴重，蟬一定絕跡，哪知道蟬會和他作對？有人猜測，鄉間農藥用得多，蟬往都市裡逃；我雖然不敢肯定，但非無可能。

——最近某兒童刊物刊了一篇小朋友的作品，寫竹子用種子播進土裡，一夜之間，枝繁葉茂。我知道的是切竹幹的一段，插在土中，它便能長根發芽。竹子是這樣種的。退一萬步說，即使竹子用種子播種，一夜之間，能「枝繁葉茂」嗎？小朋友也許認知不足，也許受誤導；但是，指導的大人——家長或老師幹什麼去了？尤其當「守門員」的編輯又是否睡著了？（抱歉！老編。）

電視是大眾傳播媒介，其影響人心、社會風氣頗大，傳播的內容務求正確，不得稍有疏失，以肩負起社會教育的大責重任。可惜我們的電視節目受商業導向影響太大，只為賺錢，不顧閱聽大眾，良心何在？所舉台視該一連續劇的錯誤，只是冰山一角；其他各台、各節目錯誤或不良的多了，當事者有改進必要。

「蚯蚓的確會鳴」嗎？

之前曾經收到「新生副刊」轉來台中呂姓讀者的信影印本，對拙作「誰用鉤釣青蛙？」一文有兩點意見，其一是關於釣青蛙的，其二是關於蚯蚓鳴叫的。一因沒有該讀者的住址，二因可能有許多讀者也有相同的問題，特在此分兩部分析述，作為答覆和補充說明：

一、關於釣青蛙部分：小時候，我住在屏東縣潮州鎮南方一個不到十戶人家的小農村，除上學、放牛及幫忙農事外，釣青蛙是我雨季時生活的一部分，我甚至常常是童伴釣青蛙的高手，對釣青蛙熟悉得不能再熟悉了。一九七七年十一月廿八日曾發表「蛙鼓」和「釣青蛙」兩文在自立晚報副刊，後收入次年四月由光啟出版社出版的散文集「綠蔭深處」一書中（從一五九頁到一六七頁），對釣青蛙描述得很詳細，讀者可以參閱。呂姓讀者說的青蛙「以小青蛙、蚯蚓、蟲或草照樣上鉤」是沒錯的，「釣過水蛇」一語，未進一步說明，不知有沒有釣上來，成為袋中物？我是釣起過鱔魚和土虱的；但一生也只有過幾次。至於釣到蛇，我也有不少經驗，有一次釣到一隻「比杯口大，長一丈以上」的山鹿蛇（錦蛇）；但沒有一次釣起來過。我上月廿一日發表「誰用釣鉤釣青蛙？」一文，主要是說台視「無情的風雨」連續劇那個把蛇「舉得高高的懸在空中」的特寫鏡頭不可能。沒有人釣青蛙用釣鉤。呂姓讀者說的他「曾用大頭針釣過」，到底如何？他沒有詳細敘述，不得而知；依我想像，青蛙既「有嚴重的近視」，可以用草釣，用大頭針當釣餌也沒有什麼不可以，關鍵在於千分之一或萬分之一甚至億兆分之一可能性鬧著玩的釣，和真正常態的釣，是不是可以等量齊觀？而且大頭針是直的，能把蛇釣（吊）在半空中旋動而不掉落（台視該劇原特寫鏡頭）嗎？其實，釣青蛙還有夜釣和學小青蛙被蛇咬發出叫聲引來大青蛙的釣法，用釣鉤是放青蛙，不是釣青蛙。請參閱收在拙書「綠蔭深處」原文，不多贅。總歸一句，用釣青蛙方法，不可能像台視「無情的風雨」連續劇那一個鏡頭出現。即使和我同樣來自屏東縣的該台簡董事長，相信也不敢「強辯」。

二、關於蚯蚓鳴唱部分：認為蚯蚓會鳴唱，其始作俑者應該推源於明李時珍的本草鋼目。該書說，蚯蚓又稱蟺螾、朐䏰、堅蚕、曲蟺、土蟺、土龍、地龍子、寒蟪、寒蚓、附蚓、歌女。特別敘述歌女的由來說：「術家言蚓可興雲，又知陰晴，故有土龍、龍子之名。其鳴長吟，故曰歌女。」就此文來看，「術家」之言可信度如何？蚯蚓「可興雲」，又進入「龍」的神話傳說了。請問，龍在何處可見到？神話傳說的可信度又如何？康熙字典可能因襲本草鋼目，然後蚯蚓會鳴叫的說法便傳開來了。然而蚯蚓果真能鳴叫嗎？禮記月令說：「孟夏之月，……螻蟈鳴，蚯蚓出。」看！是螻蟈（青蛙）在鳴叫，蚯蚓只是「出」！將門文物出版社一九八〇年十二月修訂版「最新科學知識百科」第七頁寫得更清楚：「一般人都以為蚯蚓會唱歌。中國古時的文人，往往形容蚯蚓的鳴聲抑揚頓挫，像笛子一樣，特地叫做『蚓笛』。其實蚯蚓並沒有鳴器，自然不能發聲，更不必講有節奏的唱歌了。誤會的原因，是有一種土棲的昆蟲——特別是螻蛄，常常竄進蚯蚓的穴中，是它（牠）們在唱歌。」會發聲的動物，據我所知，如人類及絕大部分動物用聲帶，響尾蛇用牠尾巴類似哨子的空振器，蜜蜂、蒼蠅、蚊子等用翅膀的振動，蟬用發音膜，螽蟖、蟋蟀等用翅膀摩擦，蝗蟲用腿節內側和前翅縱脈相摩擦；但是蚯蚓沒有這些發聲器，牠全身有如橡皮的軟體，內充泥土，如何「會鳴」？當然，盡信書不如無書；大膽假設，也該小心求證，一個人不能做人云亦云的八哥或九官鳥。我曾經請教過十餘位攻讀生物的同事，他們大部分不能肯定回答，也有人肯定回答，蚯蚓既無發聲器官，自不可能「鳴」。從小我住在鄉下農村，曾經注意去觀察，尤其我大學畢業前後，到六年多前離開南部搬到新莊這段廿餘年期間，我曾用心觀察，就怎麼也沒看到過蚯蚓在鳴叫。因此，到現在我仍要說，蚯蚓不會鳴叫。不過，事實終歸是事實。如果有人能引領我親眼看到蚯蚓鳴叫，或教我方法令我看到蚯蚓鳴叫，我自然會放棄我的主張。願有聖明專家以教我。

另呂姓讀者提到蛇蚓會鳴叫，我就不敢說了。蛇蚓之為物，我迄無所悉，是否是我小時候在鄉間所看到的「牛頓針」？不過，既冠以「蛇」字，或非不可能發聲。響尾蛇就會發聲呀！

我只願寫我所知的。我不知的，我不願胡說。

撿戲尾

現階段，相信絕大多數人都無法想像得到，電影看完第一場仍要接下去看第二場，並且在發現第二場是重播第一場時，竟然奇怪地問人家：

「怎麼第二場和第一場演的一樣？」

我更相信，幾乎沒有人想像得到，我就是說這話的那個傻小子。

也許有人認為，只有在我這個傻小子身上才會發生這種傻事。告訴你，不是的。我雖然不確定有多少人；但是我相信跟我一樣想法的人一定有。不信？在當場，我問的對象是和我一樣的「小朋友」。他給我的回答是這樣的：

「是呀！怎麼會一樣？好奇怪！」

原來我們是第一次去看電影。第一次常常是不熟悉的，常常容易鬧笑話，不是嗎？

那個時代，在時間上，說「古早」是有些太誇大；但是，被現代新新人類說「遜」的事，卻不但存在而且相當普遍。以戲劇來說，電影出現以前，不管是歌仔戲、布袋戲，都是一齣接一齣搬演下去的，和古時的說書、講古、現在的電視連續劇、布袋戲、歌仔戲一樣，劇情接續發展，不但每天不同，而且每場不同；不像電影，每場是完整的單元，每天每場演的是同一劇情。在當時本來看戲的慣性下，驟然接觸到電影，鬧那樣的笑話，照理說是沒什麼好奇怪的。

電影出現前，戲院當然古風很盛，演的大多是歌仔戲或布袋戲。管它是陳三五娘或西遊記、三國演義裡的任何一段，不需要像演電影一樣非全場漆黑不可，所以戲院的門窗都是開了的，光線足，空氣也較流通；只要戲院外加圍牆，可以防「偷窺」的眼睛即可。要看戲的人便買票從大門進入。

不管是歌仔戲或布袋戲，承襲以往，它是一齣接一齣的，劇情連續不斷地進行。劇情有高潮有低潮，波浪起伏。和古典章回小說「欲知端的，且看（聽）下回分解」一樣，每齣戲結束時往往都是高潮所在，突然停止，以高潮懸疑來吸引住觀眾的心，讓觀眾次日非來看不可（現在電視連續劇也是如此），卻也因此產生撿戲尾這個副作用。

不過這也許是撿戲尾的一個原因，卻不是其惟一原因。其形成，原因不是單一的。經濟負擔，是其一。要上學，要工作，沒時間，是其一。戲快結束時，「顧口的」——入口收票人員便撤崗，不再把關，門口可自由進出，是其一。（不要以為他們笨。他們是有意的。只剩幾分鐘，而且戲正在高潮，撿戲尾的人說不定受不了引誘，第二天排除萬難買票進去看。）

總在傍晚時分，演了一個下午的戲快結束了，正是我們放學回家的時候，大夥便爭先恐後地往戲院門口衝。這時，入口收票人員已經撤崗，我們魚貫而入。鑼鼓正喧天，台上正演得熱烈非凡。一齣戲的高潮正在此時搬演。大家看得津津有味。許有空位；但是我們大多不坐，寧願站著看。無他，「小朋友」人矮，坐了反而看不清台上演的戲。

許有人會認為，每天看那麼一點點，也許三分鐘，也許五分鐘，最多十分鐘，有什麼意思？為什麼那麼有興致看？一、當時娛樂少，能撿一點戲尾看，娛樂一下也好。二、戲是白看，不付費，何樂不為？三、戲尾正是高潮，即使被懸疑吊住，也心甘情願。四、最主要的是，可有廣大的想像空間。有人說，看武俠小說，不小心翻了好幾頁也沒關係，因為那好幾頁可能是「歹戲擅拖棚」的「拖棚」所在，跳過不看，仍可連接得上。電視上的連續劇也往往這樣，只要每天（每集）頭尾「影」一下，劇情便可連接得上，不是嗎？撿戲尾，每天看那麼一點點，沒看到的部分便可以依想像去自我「編劇」自我「演出」了。如果現在的電影仍可撿戲尾，每天所看的一樣，味同嚼蠟，誰會去看？

落地生根

別胡說！落地生根就是落地生根。落花生就是落花生。怎麼可以把落地生根說成落花生，把落花生說成落地生根呢？那不成了指鹿為馬了嗎？眼珠子又不是被龍眼核給換了。睜眼說瞎話也不是這麼說的。

這些年來，由於鄉土意識的抬頭，鄉土的東西相當流行，文藝界不少作者順應時代潮流，大炒鄉土風物，政治人物也常來「湊鬧熱」。這本來沒有什麼不好；可是有一部分人不夠用心，不分青紅皀白，只要是鄉土的，管它是對是錯，抓了就擺上抬面。反正有利用價值嘛！這可不是好現象。有時禁不住想去指正。去年底我寫「誰用釣鉤釣青蛙？」便是如此。非指正不可！不指正，以訛傳訛，貽害都市人，貽害下一代，我心不安。那篇是文藝作家犯的錯誤，本文則是政治人物犯的錯誤。

把落花生說成是落地生根，台北市陳水扁市長是始作俑者。在去年競選市長期間，他的宣傳品（看板）畫的是落花生，寫的卻是落地生根。他選上了台北市長；最近國代選舉，竟然有人「東施效顰」，依樣畫葫蘆，想當然是希望和他一樣選上。選舉結果，他也選上了。真是奇哉怪也！那根本是錯誤的。其推銷候選人的魅力到底在哪裡？想是都市人尤其年輕一輩對植物無知，只是被一股旋風所席捲吧！

落花生其實幾乎人人吃過，只是大家對它們尤其它們的生長過程，認識不夠清楚而已。它們是豆科植物。我們吃的是它們的果實。它們通常包在土色的豆莢裡。豆莢圓桶形，通常包有兩顆果實，有時也有包一顆或三顆、四顆的。它們的形成是落花生的株棵長到一定的程度時，在莖株上開金黃色花，等傳過粉受過精（也有在土中閉花傳粉的）後，紫色的子房鑽入地下，在地裡結成的。落花生這個名稱便是這樣來的。小時候，住在鄉間農村，我家也種落花生。對它們，我相當熟悉。採落花生時，我們總是給整株拔起，然後將豆莢摘下，曬乾，也有時先曬乾了才摘下。當然，種植落花生的地，以有沙質、鬆軟的為佳；原因是落花生的果實生長較容易，拔取也較方便。落花生的果實，可炒，可燜，可煮。炒要曬乾了的，去了豆莢的，不管加了油或沒有，鹽是必需的，沒去豆莢的則有用沙或蒜去炒的。燜則可用土窯，也不去豆莢。至於煮的通常不去豆莢，但去了豆莢煮成花生湯或和豬腳一起煮，滋味也很不錯。另外也有磨成花生粉、榨成花生油的。吃法有多種變化，同樣可口，令人齒頰留香。曬乾了的豆莢，我們小孩子流行拿來捏開縫，夾在耳垂當耳環玩。至於剝去了果實的乾豆莢和莖葉，則可用來燒火、餵牛或製堆肥。花生之為用大矣哉！

落地生根和落花生截然不同。落地生根雖然不高，莖卻比花生的粗大，成株較落花生高出許多，約九十到一百公分，分枝少，葉對生，葉片長橢圓形或卵形，長約十公分，邊緣有鋸齒，肉質厚。花序圓錐狀，花朵下垂，萼圓筒形，長約三公分，紫綠色，花冠基部綠白色，末端紫紅色，雄蕊八枚，種子微小。印象最深的是，小時候，台灣經濟差，醫藥不發達，有人受傷或生瘡，紅腫了，便採了它們的肉質厚葉，搗碎了敷上，可以消腫。這大概是我小時候所知道的它們的唯一用途。現在則有人養成盆景，以供觀賞。很奇特的是，把它們的肉質葉片採下，平放在濕潤的地上，不要多久，葉緣附近便會向上長出小苗，向下生根。之所以稱為落地生根，其原因在此。

由上面對兩種植物的概略敘述，相信讀者們已經知道，落花生不是落地生根，落地生根不是落花生。那是兩種截然不同的植物，不可混為一談。可是，在此之前，相信很多人被誤導，以為落花生即是落地生根，落地生根即是落花生。我寫本文，乃在作事實的澄清，以免大家被誤導。政治人物幸勿怪罪。青紅皂白是要分清楚的。事實、真理不容抹煞；否則，以訛傳訛，積非成是，豈不糟糕？

田園交響曲

田園交響曲交響著，在故鄉，在回憶裡，在小時候的每一天，每一天的黃昏，尤其是每一個夏秋的每一天，每一個夏秋的每一個黃昏。

那是很優美很悅耳的。

田園交響曲交響著。音符飄揚，或高或低，或大或小，就在前埕或後院，就在草叢或灌木叢裡，就在喬木的枝葉間，就在種著木瓜、番石榴、芒果、荔枝、柚子、龍眼、楊桃、蓮霧、釋迦等果樹的果園裡，就在竹林裡，就在香蕉園裡，就在稻田裡，就在麻園裡，就在番麥田裡，就在蕃薯田裡，就在菜園裡，就在甘蔗園裡，就在那一片寬廣的牧場裡，就在檳榔樹、椰子樹和籬笆樹上，就在空間，甚至灌進屋簷，灌進家屋裡……。

我出生在鄉間農村，也在那裡長大。對那些參與演奏的樂手，我是很熟悉的。鳥類包括有客鳥（喜鵲）、暗光鳥（貓頭鷹）、白頭翁、青苔仔（繡眼兒）、烏嘴鶖仔（尖尾文鳥）、伯勞、烏鶖（黑卷尾）、斑鴿（珠頸斑鳩）、碰碰仔（台灣裁縫鳥）、雉雞（環頸雞）、竹雞、米雞（緋秧雞）、勃櫯（籃磯鶇）、半天仔（台灣小雲雀）、厝鳥仔（麻雀）、家令（八哥）、黃鶯、利葉（老鷹）等等，蟲類包括有蟬、蟋蟀、土伯仔（土蟋蟀）、灶雞仔（金鈴子）、草螟阿公（紡織娘）、肚蝎仔（螻蛄）、青蛙、蟾蜍等等，當然有時也加入豬、牛、羊、雞、鴨、鵝、貓、狗等家禽家畜。在平常時間裡，牠們就演奏了；但總是稀稀落落，懶懶散散。只要一到黃昏，尤其每一個夏秋的黃昏，牠們就會特別賣力，演奏得特別熱鬧。牠們許是飛翔在空中，許是行走在地面，許是躲在泥土洞穴裡，許是躲在石縫中，許是站在草木的枝葉上，許是趴在樹幹上。牠們一演奏，樂音便飄揚在空中，向四面八方撒開，是那麼優美，那麼悅耳。有人說那是在彩繪天邊的晚霞。有人說那是在歌頌田園。有人說那是在讚美大自然。是耶？非耶？我都不去管它。我可不管人家怎麼說，反正那不會是都市裡令人心煩的人為吵雜音樂就是了。那是天籟，是聖曲，不是人間的任何音樂可比的。我就是喜歡沉浸在那些交響樂曲裡。我就是喜歡陶醉在那些交響樂曲裡。

有好些作家想當然地用很美的文字來抒寫，讓蚯蚓也來湊上一腳，說是牠們拉的小提琴。這我可要予以否定了。那些作家在下筆之前，即使不能親自觀察，也應該查查書，問一問生物學者，看蚯蚓有沒有發音器官呀！為了證明他們的謬誤，也為了求真，除了查書，請教生物學者，我曾花了好久的時間去觀察，我敢堅決地說，牠們沒有份。至於有人說，蟋蟀是很好的喇叭手，青蛙是很稱職的鼓手，我可要舉雙手贊成了。其實，我還覺得這麼說是褻瀆了牠們呢！

用人間的任何樂器去狀擬牠們是不適合的。牠們用的樂器，不管是管是弦是笛，是鼓是鑼，是什麼，應該是多種多樣的，演奏起來，吹、奏、彈、撥、挑、敲、打等等都有，人間的樂器是沒有那麼多的，也沒有那麼精良的。演奏的時候，牠們也是頂自然的，各盡其力，各稱其職，不矯揉做作，尤其是蟬、蟋蟀、青蛙等的全心全力投入，全神貫注，演奏到渾然忘我的境界，更令人欽敬，令人激賞。——當然，我也經常沉迷、陶醉得渾然忘我，更經常置身田園、屋前屋後，屏氣凝神，匿聲不語，去觀察，甚至去抓來養。

只可惜，我現在已經很少能夠聽到那些田園交響曲了。這一方面是我遷居都市，接觸田園、大自然的機會較少，另一方面是現在鄉間農村因為都市化、機械化、工業化加上大量使用農藥的結果，樂手們死的死，逃的逃，數量和種類銳減，要再聽到像以前那樣優美悅耳豐繁的田園交響樂已是一種奢侈，只好在回憶裡，到記憶深處去找了。唉！

黃目子

有一棵樹，一直挺立在記憶深處阿鈌家屋後不遠的田間。那地方已是村子的外圍，接近那條繞著潺潺不停而流的水溝。它相當高大，可有二、三層樓高，樹幹粗大到可兩人合抱，枝葉扶疏，向高處向外圍伸展而出，風來時便不住跟著搖曳，展現它優美的舞姿。當然，也常年有鳥雀在其間棲身鳴唱。

它就是黃目子，又叫木羅、浪子、木槵樹、染目子，其實它的學名叫做無患子。記憶深處的那些年代裡，我們是一群野孩子，常常無羈無束地到處亂蹦亂跳，胡奔亂竄，舉凡鄉野、田間幾乎沒有不出現我們的蹤影的。當年那些田埂、草木、鳥雀、作物恐怕都能記憶深刻。這棵黃目子樹下，就是我們的蹤影經常出現之處，尤其是秋冬時節。

黃目子，屬無患子科，落葉大喬木，分布於全省，尤其山區，幹粗，高處分枝，高可十餘公尺，偶數複葉，小葉四至八對，披針形或鐮刀形，先端小，基部歪斜，全緣，圓錐形花序，頂生或腋生，花單性或雜性，零點三公分，萼、瓣均為五片，花冠白色或紫色，瓣緣有毛，雄蕊八至十枚，花盤明顯……。這是關於黃目子的大略情形，可以幫助我們去認識它。嗯！別說我無聊，寫這些枯燥的資料。把耳朵借我一用，我悄悄告訴你一個秘密，這些我們當年也不了解，是長大了以後我由書上得來的。我們當年只鍾情於它的果實，認職得深刻。

原來黃目子的果實是核果，球形或扁球形，徑約二公分，表面光滑有如苦楝子，卻比苦楝子大，也比茄冬大，約是小龍眼大小，裡面有一顆種子，黑色，到秋天時，這些果實轉為黃褐色，有時會自行掉落，我們便撿了玩。嗯！耳朵再借給我一用，我再悄悄告訴你一個秘密，其實撿拾自行掉落的少，大多是趁主人不在或不注意時，用石頭或竹竿給打落的。噓！特別叮嚀：不要把這個秘密告訴主人喲！

撿拾了幹什麼？

告訴你，那才好玩呢！我們當年之所以鍾情於這些果實，道理就在這裡。

第一、我們可以當玻璃珠玩，也可以當子彈擊打別人。如果撿拾的黃目子果實不是皺皺的，還相當「硬朗」，便直接當玻璃珠玩；否則便剝了皮，去了肉，拿它們的核當玻璃珠玩。玻璃珠怎麼玩法？大概大多數人都玩過吧！比遠，比準，比進洞，敲擊……多著哪！至於當子彈擊打別人，可以裝在自製的竹槍裡，也可以乾脆直接拿了往別人身上丟擲。總之，孩子們總會玩得大呼大叫，大笑大鬧甚至大哭呢！童趣也就在其中了。要講理由嗎？為什麼大哭也有趣？這你可不明白了。告訴你，童趣是沒什麼好講的。套一句最流行的台灣話：「歡喜就好！」

其次，剝了的皮，去了的肉，更好玩。它們就是天然肥皂。在肥皂未出現以前，人們洗濯是用的它們。在我們那個大多用茶箍（蘇打）洗濯的時代，大家巴不得有它們好使用。可以儉省金錢的花費呀！用來洗手，用來洗衣物，用來抹去牆壁、桌、椅等的髒污，甚至用來吹泡泡，即使玩得身上全是泡沫，也不會挨罵，即使媽媽、姊姊們看見了，也只會半哄半騙地強制「沒收」。

至於據說黃目子的種子去殼後，可以炒了吃，根可以治吐血，止咳，花可以治眼疾，果可以治疝痛等，那可不是我們那時候的小孩子所能知道的了。那時候沒有人跟我們說；即使有人說了，許會遭我們「呸呸呸」地連吐口水吧！在我們小小的心靈裡，一直認為黃目子是苦的，具有毒性，吃不得。

春到斑芝仔枝頭

春到斑芝仔枝頭，在枝頭上穿梭迴旋，搖曳翩舞，撥弄著斑芝仔的花，引導它們化育，展現它們的美姿，誘引我翻尋我的舊夢。

有好一段時日，我不曾見到斑芝仔，這幾年又常見到了。它們還不少呢！不是嗎？它們列隊站在新莊的路邊、台北市的某些道路旁以及高速公路某些路段兩邊。平時它們和其他樹木一樣，撐著綠色枝葉，如撐著一把把綠傘，不靠近仔細去看，不容易分辨；但是到春天開花時節，從遠處便能辨認。

大多數草木總在冬日乾旱、冷冽、肅殺中枯萎；在台灣，斑芝仔是最典型者之一。它們的葉子總在冬日裡掉得非常徹底，非常乾淨，掉到一葉不存，只剩樹幹亭亭直立而上，幹巔枯枝如千手觀音，高舉向上，並向四周伸展，形成一個大圓鼎模樣，似為人間寫一道正氣沛然的詩，畫一幅凜然不屈的畫。

生命的輪替真是奇妙，早在它們的葉子枯萎凋落不久，禿禿的枝頭便開始偷偷地長出一顆顆小小的顆粒了。那是花的初蕾，生命的初啼。它漸漸長大，由一滴滴綠色的小水滴，變成一顆顆綠色的小玻璃珠，變成一個個綠色的小燈泡，然後迸裂成一盞盞橘紅色的美術燈。這時，差不多所有的枯葉便都掉落盡淨了。同時，枯葉也以柔嫩的姿態出現。啊，生命的輪替真奇妙！

更奇妙的是，當橘紅色的花瓣凋落，種子已結成，綠皮便將它包藏住。在其中，奇妙的變化又發生了：棉花滋生了。當果皮再次迸裂時，棉花便從身軀的果殼裡向外飄散，潔白亮麗，鬆鬆散散地隨風飄飛在空中，這裡一簇，那裡一朵，如雲絮，如雪絨，飄散各地，帶去種子，施行播種……。

小時候，我住的鄉間，斑芝仔不少。人們總拿了它的樹幹當界樁，當圍籬樁，我印象最深的是當稻草墩的中心樁。那些樹幹原來只是豎立在地上；但是它們很「臭賤」，每根樹幹都會長根，長葉，長成一棵棵亭亭而立的斑芝仔

平日裡，它們並沒有什麼好玩。它們雖長得如一把大傘，但是枝葉並不扶疏，而是稀疏，無以遮陽。別的樹好爬上去掏鳥窩，玩耍什麼的；但是它的樹幹和吉貝棉、朱蕉很類似，遍佈著瘤刺，誰都不願冒著被刺得鮮血淋漓的危險去爬。除了觀賞其亭亭美姿和橘紅色花瓣盛開的美景外，大概就是玩它們的綠蕾和棉花了。

當春日悄悄來到大地，向萬物吹響甦醒的號角，它的葉子枯萎掉落，長出綠色初蕾，我們總是拿了竹竿給勾下來，用小刀腰斬它們的外包綠瓣，切去它們的蒂，插進短香腳，當小陀

螺玩。我們用姆指和食指捏著香腳，用力轉，瞬即鬆手，讓它們掉到平坦的地面或桌面，它們便像小陀螺，在地面或桌面轉個不停。這可以正立著轉，也可以倒過來以香腳著地轉，同樣有趣。「轉！轉！轉！……」大家總是圍著邊玩邊大喊，好像喊了它們就會轉得更久些。通常我們是比誰的轉得久；但是其實不比也同樣有趣，只要看著它們在地面或桌面不停地轉，心裡頭便充滿了幾乎要漲溢的怡悅了。

當初蕾漸漸長大，這種玩法便停止了。它們太大，轉起來笨呀！再等些時日，大概春末夏初時候吧！它們的皮變褐迸裂，棉花便從其中飄飛飄散出來，我們的玩興便又來了。「飄呀！飄呀！飄呀！……」我們成群高聲呼喊著，追逐抓取那些到處飄飛的棉絮。抓取到了棉絮，我們給貼在嘴邊、鬢邊當鬍鬚，撒在頭髮、眉毛上，使我們一夜白頭，扮老公公。當然也有人給收集了當成寶貝收藏；講求實用的大人們則每每禁止我們玩。他們要收集了做棉被。

有好一段時日沒見到斑芝仔，我懷疑它們是否已經慢慢在消失。原因大概是鄉間稻草墩少了，極少數的稻草墩，中心樁也為了方便改用塑膠管柱，圍籬為鐵絲網所取代，界樁為水泥樁所取代。沒想到這幾年，它們又出現了，而且是大量出現，就在新莊的某些路邊，台北市的某些路旁，就在高速公路的兩邊。哦，它們給了我幾許翻尋舊夢的誘引呀！

註：斑芝仔，台語，即木棉。

刀石仔

「奧桑！妳的剪刀要磨了沒？」

那個炎炎夏日午後，那個磨刀剪的師傅又來了。他每隔一段時日便要來一次。他的額頭有三條河橫流而過，或大或小的支流滿布在他的臉上，頭上髮間也已見到麵粉色，灰白灰白的，人瘦瘦，背微駝。他騎著機車，到家門口，沒關掉引擎，大聲這麼問蜜子。每次他來，總是這樣。蜜子從事的是裁縫工作，剪刀用過一段時日，便會鈍了，常需要磨利，也常請他磨。

「要！你來得拄拄仔好。幾若工前，剪刀就鈍了，在等你來磨。」

他關掉機車引擎，把它推到旁邊放好，接過剪刀，在屋外走廊下那個水龍頭的柱子邊，放下磨刀剪的工具，坐在他自備的小凳子上，磨將起來。

不管是開山刀，是柴刀，是菜刀，是剪刀，是剃頭刀，用過一段時日，總會鈍了，變成滑而不利，不好砍，不好切，不好剪，不好剃，便得磨了。磨過後，刀剪便又利了，恢復它們原有的威力，可以砍了，可以切了，可以剪了，可以剃了……。

磨刀剪，除了現在對粗大的刀子，不求精細、銳利，部分由打鐵店用電動機器磨之外，大家都知道，是用磨刀石磨的，而且大多由專門磨刀剪的人磨。在我小的時候，磨刀剪，不管刀剪大小粗細，沒有機器可磨，大家用的都是磨刀石。我們稱之為刀石仔。

刀石仔有兩種，一種較大，立體，長方形，比小凳子還小很多，石面比較粗糙，是古時所謂的礪。另一種則小小的，也是立體，長條形，石面比較精細，是古時所謂的砥。「滄浪之水清兮，可以濯我纓；滄浪之水濁兮，可以濯我足。」是什麼東西就做什麼用途。前者用來磨比較不求精細的粗大刀子，如開山刀、柴刀、菜刀之類；後者則用來磨比較精細、刀鋒須要極利的刀子，如剪刀尤其是剃頭刀之類。一般說來，前者不須什麼大技巧就可以磨，往往由自家操作；後者則須相當技巧才磨得了，常常須由專門磨刀剪的來操作。

磨刀剪，除了技巧，還須要很大的耐力。不信，只看「磨」這個字就可以一目了然了。是磨菇，是磨練，是琢磨，都無不可，反正都和磨字有關，都需要「慢工出細活」。磨刀剪就是這樣，要慢慢地來，要用緩緩的力，不能急。它是再怎麼急都急不來的事。它是再怎麼身強力壯的人也是有力沒處使的事。有力，急使，使不出來呀！再急性子的人，讓他磨刀剪，他的急性子也會被磨掉的。

當刀剪開始磨，師傅總先往刀石仔上潑些水，然後兩手按著刀剪，在刀石仔上，一上一下地磨，一來一往地磨，刀石仔上便慢慢現出鐵銹和刀石仔的細粉濃液，待磨得水稍乾了，便再潑些水，再磨……如此反復不停地磨，磨得人雙手尤其是雙掌常發痠，雙腳常發麻，仍然要一上一下地磨，一來一往地磨。除此，別無捷徑。

磨著，磨著，刀口上的鐵銹慢慢被磨去了，刀鋒上的鋼鐵慢慢被磨薄了，便利了，可以除草砍柴割稻了，可以切菜切肉了，可以剪布剃頭了……。

磨好刀剪，人站起來，常常，哇，腰伸了好久才伸得直，眼前好多星星！

磨刀剪的師傅比以前少了。此無他，人類運用頭皮下的東西發明了許多機器，以代替人力！這就叫做機械化。機械化的結果，機器逐漸取代了人力，「工夫人」便漸漸少了，磨刀剪的師傅自然要比以前少了。

吃潤餅

吃潤餅，是我小時候的一大樂事。

「吃潤餅！」

那時，一到春天，吃潤餅的話聲便會響起，尤其是元宵和清明兩個大節日前後。潤餅之所以稱春捲，其故或許在此。現在雖然已有專賣潤餅的飲食攤，吃潤餅較無時間節慶之分，但一般家庭則和以前差不多。

用潤餅皮包上炒熟了的菜（餡），捲而成卷，一卷潤餅便製作完成了。它是春天裡上好的佳餚，人人喜歡。——當然也可以配湯；但須另煮，另用碗盛，不能和在一起，不然潤餅皮便溼了、破了、糊了。

那時，台灣經濟較落後，吃食不足，吃潤餅是一件稀罕事。大概只在元宵和清明兩個大節前後才有，大家聽說要吃潤餅，立刻一窩蜂圍上去，動筷子，動湯匙，動手，動口，沒多久便一掃而光。饞一些的，一聽說，可能還沒吃就先流口水了。

不止那時，即使現在，仍為許多人所嗜食。此無他，它們的風味殊異！有菜味，有肉味，有蛋味，有土豆（花生）糖粉味，有甜味，有潤餅皮味，最主要的是，它們有鄉土味。

只要有潤餅皮，主婦們便可以買來需用的料，開始作業。

高麗菜、白菜、豆菜（豆芽菜）、紅蘿蔔、白蘿蔔、豆干、豌豆夾、青蒜、芹菜、韭菜、芫荽（香菜）、蝦米、瘦肉、香腸、蛋……不管煎、炒，只要可以切碎，乾而不濕，都可以成為潤餅的內涵──「夾心」菜（餡）。潤餅皮是用麵粉製成；菜不乾，它立刻受潮，濕了，破了，糊了，包不住菜，會邊吃邊掉。

捲潤餅時，先將潤餅皮鋪展在桌面，再放土豆糖粉，再放菜（餡），然後捲起便成。──也須注意，菜不能放太多，否則潤餅皮包得太勉強，也會裂開，掉菜（餡）。

那時，只要進入春天，尤其是元宵和清明兩個大節前後，街上總有人製作潤餅皮出售。製作的人，一手抓著一團濕潤的麵粉糰，往燙熱的鼎上鐵皮擦。擦一下，立刻移開，鐵皮上的麵粉薄層便被「熱」熟，一張潤餅皮便在鼎上形成，另一個人隨即用一塊小鐵皮給剔起來放在乾紙上。一般稱製作潤餅皮為擦潤餅皮，就是這個緣故。他們不停地製作著。一張張潤餅皮不斷形成，被剔起，疊放在乾紙上。等在那裡需要的人說出需要量，出售的人便秤了賣給他──或以張數出售。

那時，台灣經濟較落後，吃食不足，吃潤餅是一件稀罕事，大概只在元宵和清明兩大節前後才有，大家一聽要吃潤餅，立刻一窩蜂圍上去，動筷子，動湯匙，動手，動口，沒多久便給一掃而光；現在則不同了，街上已出現專賣潤餅的飲食攤，全年每天供應，隨時要得到，吃潤餅已不再稀罕了。不過，嗜食的人還是不少。它們的風味殊異！有菜味，有肉味，有蛋味，有土豆糖味，有甜味，有潤餅皮味，最主要的則是，它們有鄉土味。

打水漂兒

什麼？用鵝卵石打水漂兒？笑話！作者明明沒玩過，竟然敢這麼寫，還發表在這所謂大報上，簡直豈有此理！「欺騙社會」，莫此為甚！

不過，總還有些作用。它勾起了我對打水漂兒的好些記憶。

乾季過了。隨著雨量的增多，低窪的地方就又漸漸積起水來了。低窪的地方一積起水來，水域便增多增廣了。水域一增多增廣，和水有關的事兒便漸漸出現了。不是嗎？你看！抓小魚小蝦、抓水蛙（青蛙）、摃（打）水蛙、釣水蛙、摸田螺、放鱔魚、游泳、玩水、踩水、玩泥巴、塑泥人……還有，打水漂兒。

小時候，在鄉下，很多人喜歡打水漂兒，尤其我們小孩子，每次乾季過了，雨季來了，雨一次次下，低窪的地方積水了，便可以打水漂兒了。凡積了水的地方，是河流，是水池，是埤圳，是牛屎窟（水牛翻水造成的積水窪地），只要是水流不急，最好是靜水，都可以打水漂兒。最常玩印象最深的是牧場。那裡有許多水溝、蓄水池和牛屎窟，只要積水了，便可以玩打水漂兒。我們總把牛放了，讓牠們自己去吃草、鬥角、翻水、做青春的遊戲，玩起打水漂兒來。

「怎麼我的一打便沉下去，不漂？」初習者常會發出這樣的問題。

「你用的石塊給我看看！」

初習者把所撿的小石塊遞出去。

「不對！你用這些鵝卵石是打不漂的。要撿扁平的。它們輕，接觸水面的面積大，打起來才會漂。」熟練的小孩檢視了後，給全部扔掉，望地上撿了一片薄薄的扁平小石塊遞給他。「要像這樣的。來！你試試看！」

他抓起小石塊便扔；但是仍然下沉不漂。

他一臉疑惑。

熟練的小孩又望地上撿起一片薄薄的扁平小石塊，邊示範邊說：「這樣啦！沿著水面打出去，就會漂了啦！」

他打出去的石塊，在水面上往前小步跳躍而去，漾開一圈圈漣漪，如一隻水蛙在水面上輕跳而前，最後沉沒水中。

他去撿了一片扁平的小石塊，照著打，果然會了。

「來！來比賽！」

「好呀！」一群小孩子便比賽起打水漂兒來了。

這場面是最常見的，也是最熱鬧的。人是喜歡爭勝的嘛！他們的叫喊、歡笑，總是把水邊附近鬧得一片歡騰。

「我的跳五次！」

「我的怎麼只跳三次？」

「哇哈！我的跳八次，準會是我贏！」

「還早呢！你看！」他右手取著一片極扁平表面極光滑的小石塊，向右側後方擺過去，右後腳站定，然後側投出去。「一、二、三、四、五、六……九、十！十次！我贏！」

他真的贏了。他的臉上綻開了一朵歡笑的花，口中綻開了一朵歡笑的花，全身綻開了一朵歡笑的花……。

可惜那個時代已經不再。人長大了，沒那麼多閒情逸致去玩了，水污染得太嚴重了，沒有人願意在髒臭的水邊玩了，這一代的孩子也不時興這玩意兒了，打水漂兒這種遊戲只能偶然見到。

放鱔魚

好久沒見到鱔魚了。那天傍晚，到黃昏市場買菜，在魚攤上見到了牠們，我好生驚異。

就外表來看，鱔魚很像鰻魚和泥鰍。牠們都像蛇類，尖嘴，圓體，長身；但是仍然有牠們的不同處：鱔魚雖然和鰻魚最像，都和草花蛇差不多大小，形狀也相似，不夠熟悉的人常被攪混，但是牠們的顏色是土黃的，和鰻魚背部較黑、腹部白色大不相同；至於泥鰍雖然顏色和鱔魚差不多，粗細也相仿，身裁卻短了很多，通常不到鱔魚的三分之一長，尾巴也沒那麼細長，是扁平的。

魚生長在水中，為保護自己免於撞擊岩石等物受傷，除生有鱗片外，並且具有黏腺，會分泌滑液，很滑溜，用手捕捉，本來就不容易；鱔魚的鱗片小到幾乎察覺不出，尤其滑溜不堪，用手捕捉，更不容易。牠們總是一滑，便從人們手中滑走了。除非精於捉魚技巧的人，否則要捕捉牠們，談何容易？

用手捕捉鱔魚不容易，除了牠們滑溜外，喜歡逗留在爛泥裡，也是原因之一。牠們雖然有時需要把頭浮出水面，呼吸一下空氣；但是牠們實際上大部分時間逗留在爛泥裡。把水溝或水池裡的水戽光了，要捕捉牠們，仍然不容易。原來牠們鑽進爛泥裡躲起來了！捕捉的人即使翻遍爛泥，攪得整身是汗是泥，仍然不容易捕捉到。不知道牠們鑽到爛泥的哪個地方躲起來了！牠們難得鑽出爛泥來吃餌。捕捉鱔魚我小時候都是用放的。那是當時普遍為人們所使用的方法，也可能是至今捕捉鱔魚的最好方法。

那是一個小小的魚簍，用竹篾編成的，長約五十公分，圓筒狀，直徑約十公分，尾端扁長，封閉，但不密閉，前端圓口，安裝卡口，鱔魚只能游進卻游不出。小魚簍腹部製作一個小小的凹洞，仍以竹篾編成，是小魚簍的一部分，裝以魚餌。魚餌通常是炒過的米糠和蚯蚓的混合物。小魚簍要放在溪河邊多草的水裡，一方面可以防止小魚簍被急水流走，一方面可以藉水流散出魚餌的香味，引鱔魚入「簍」。放置時，前端圓口部分放向順流方向，尾端扁長部分放向逆流方向，放魚餌的凹洞向上，但需浸到水，讓魚餌的香味滲進水中，最後面尾端要有部分浮出水面，以利鑽進去的鱔魚呼吸空氣。通常捕捉鱔魚總是在傍晚時分放下小魚簍。鱔魚聞到炒過的米鐮和蚯蚓製成的魚餌香味，便從爛泥裡鑽出來，逆流而上，欲尋食而後快，卻不慎鑽進小魚簍而不自知，等到發覺游不出來時，已後悔莫及。次晨，捕捉鱔魚的人來收回小魚簍，將安裝的卡口卸下，將鱔魚倒入鉛桶（水桶），自食或取往市場出售。

民間一般傳言，鱔魚滋補，可以補血強身，可以和藥治病。果否如此，且不去管它，至少肉質爽脆，味道鮮美，至少吃時可以感到一份野味，至少物以稀為貴，所以價格相當昂貴，尤以現今為然，為一種珍貴食物。

鱔魚現在已經少了。市場上所見，已大部分從國外進口。單靠人力捕捉，其實影響其存活有限。鱔魚之大量減少，主要是農藥的被大量使用，把牠們幾乎給毒死光了。雖然使用農藥的農人無意毒害牠們；但是牠們卻毫不客氣地大量死亡，良可嘆惋！

紅龜粿已經變味

紅龜粿已經變味——變酸了。

它的滋味本來是甜的。那還用說嗎？裡面放有糖嘛！

可是，那是小時候。

小時候，每到年節，父親便製作起紅龜粿來。父親是製作紅龜粿的高手。他總很認真製作，製作得非常精緻。他將製作材料填進紅龜粿印模凹陷處，稍為壓實，然後倒出。紅龜粿印模，木製，方形，凹陷的一面，或刻烏龜背殼的反面，或刻桃子的反面，印出的紅龜粿的花紋便是正面的了。這道理和印章是一樣的。倒出的紅龜粿，有花紋的一面，加塗一種叫做紅花染的塗料，這就成了。所填材料，通常是磨好瀝乾的米漿。當然要包餡。那通常是甜的紅豆沙。這是一般的紅龜粿。另有一種叫紅片糕的則不同，製作的材料是加糖揉軟了的米麩，不包餡。這一種少有人製作。我父親則兩種都製作。

父親將紅龜粿製作完成炊熟後，一部分供祭拜，其他的放著，供一家人日後當點心。那是一段歡樂時光。在那物質不豐的年代，大家吃得甜在心裡，笑在臉上。

那是小時候。稍長，當母親告訴我關於父親製作紅龜粿的秘密後，我吃起紅龜粿，味道便不同了：更甜，而且具有酸味。

一件事情的成功絕非偶然。一種技術的獲得必須經過千辛萬苦，百般磨練。父親製作紅龜粿的技術當然得來非易。

原來父親婚前便在鎮上學糕餅製作了。他雖然左手因小時候被牛踩斷沒接好，行動不便；但是他認真，肯學，不怕苦，學得相當成功。和母親結婚後，他便在鎮上最熱鬧那條街上開了一家糕餅店。夫妻兩人起早睡晚，認真經營，生意不錯，沒多久，便成了鎮上生意最好的一家糕餅店。孩子出生後，他們更忙了。母親除照顧生意外，還要照看我大姐。我出生後，他們忙不過來，便讓我躺臥在父親製作糕餅旁的一張桌子上。起先還相安無事，後來我會翻動身體了，有一天從桌上翻身摔到地板上，摔得哇哇大哭，差點丟掉性命。他們嚇壞了，趕快把糕餅店盤給別人，搬回舊居，回復農耕舊業。

起初聽母親講這事情，我還半信半疑，以為母親在編故事；後來我偷偷去探查，果然盤去那家還在經營，並且主人正如母親所說，和我家同樣姓許。

父親苦學糕餅製作技術，原來可以發揮他製作糕餅的長才，卻為了我而搬回舊居務農，整年整月整日做得土頭土臉，拖著一隻行動不便的左手，做粗重工作，皮膚被太陽曬成赤銅色，風來風吹，雨來雨打，備極辛勞，犧牲有多大！但是他一生沉默寡言，從來不提這件事，毫無怨言。我不知道他在製作紅龜粿時，有否邊製作邊反芻他當年經營糕餅店的事？心裡有否在滴血？我一生「肖」我父親，也是沉默寡言。我和他之間幾乎沒有話說，正如兩顆沉默的石頭，自然沒能知道。只是自從母親告訴我這個秘密後，我吃起紅龜粿，味道便不同了：更甜，而且具有酸味。

只是現在，唉，現在紅龜粿的味道已經全變了——不但不甜，而且全酸了。不為別的，我家的紅龜粿印模已經腐朽，我父親已經不在。我再也吃不到父親製作的甜紅龜粿了。

那一撞

時光悠悠，那一撞，雖然已經過去六十餘年，卻力道仍存，餘痛猶在，在我的胸口，在我的心中，不時發作；一旦發作，便有一股神奇的力量，把當時的情景映現到我的眼前，並給我愷切警告：做任何事情都要小心謹慎，不可莽撞；否則，事後再怎麼後悔，都已經來不及了。

我這一生沒犯過什麼大錯，自我省思，或許跟這一撞不無關係。

是那年春天的某個下午，日照良好，天青氣朗，草木青青，作物繁茂，牲畜興旺。我家那條小牛仔許是受到春情的催化吧，竟然無緣無故地在村內通往村外的道路上狂奔了起來。

在鄉間，這事並不是沒發生過，算不了什麼大事，卻也招來大人們的緊張。不為別的。它總是一種騷亂啊！尤其怕撞著了小孩子們。

果然，大人們出來攔阻了。他們希望牠能停止狂奔，回到牛欄裡安靜休息；可是牠卻不馴服，仍不停地狂奔亂跑。牠又尚未穿鼻，無法以牛繩強行控制，拉牠停步。牠和他們竟然像在玩官兵捉強盜的遊戲，不停地你追我趕。

大人們最擔憂的事果然出現了：小孩子們圍過來看熱鬧了。他們，一個個，一撮撮，臉上現出驚恐的表情，眼中卻閃著好奇的光芒，站在路旁，引頸而望，想看它個究竟。

大人們這時一方面要攔阻小牛仔的狂奔，一方面要照顧小孩子們，以防被撞，更加受到困擾。

「轉去厝內！不要在這看！會予撞著……。」

「撞著就不好。」

「趕緊轉去！」

可是，小孩子們誰聽呢？他們正被熱鬧吸引著，越被勸走，越被驅趕，大家越是爭先恐後，要看這場熱鬧。

這回，小牛仔從村外而來，衝破大人們的攔阻，急速向村內狂奔……。

我們幾個剛好在村內通往村外的三叉路口觀看。

小牛仔跑到這裡，頓了一下，旋又作勢要向我們這邊衝來。我以為牠真的要衝過來了，本能地一閃，急速地移位到路對面，希望避掉被撞受傷。

沒想到……說時遲，那時快，牠急急地轉了個彎，正好和我撞了個正著。我被撞倒在地上。牠急跑過去，一隻後腳正好踩在我的左胸上……。

當然，哭號是當時的主調。和音則是其他在場者的驚叫和恐慌，大人們的手忙腳亂，還有父親的忙於將我送醫……。

從此，那一撞的疼痛便跟隨著我，不管到哪裡，說發作就發作；一發作，便有一股神奇的力量，把當時的情景映現到我的眼前，並給我愷切警告：做任何事情都要小心謹慎，不可莽撞；否則，事後再怎麼後悔，都已經來不及了。

這是我一生中揮之不去的疼痛和印記。——其實，我反而受惠不少。我反而必需感謝那一撞。

漸次消失的稻田

長江後浪推前浪，歷史的滾滾波濤巨浪總是洶湧著，高高掀起，又向下摔落，高低起伏，波動不停……。

台灣的繁榮，由農業揭竿而起，然後是養殖業、製造業。產業一波波，一波蓋過一波，各領風騷，賺取外匯，壯大經濟。它們每常在我的腦海裡掀波興浪：領頭的是蔗糖，其後依次是香蕉、稻米……然後交給養殖：鰻魚、鱉、蝦……再交給製造業：紡織、塑膠、食品、化工、鋼鐵、電子……。當然它們也常重疊。其情形猶如一家人，父母養育子女，拉拔子女。子女長大後，繼志承業，或另創鴻圖，且往往青出於藍而藍於藍……。其實，台灣不就是一個大家庭？大家在其中生養、長大、茁壯、成熟。

這些在我腦海裡翻滾著的波濤巨浪中，和我關係最密切的便是稻米了。時至今日，我吃飯仍然不掉落一顆飯粒到桌面或地上，也不留一顆在碗裡，甚至衍生出珍惜所有物類。不為別的，我從小便和稻米結下不解之緣，被稻米塑造成了勤儉習性使然。

出生於農村，長大於農村，我幾乎沒有一樣農事沒做過，不會做。我家事農，主要是種稻，村中人家及附近村莊人家的農作也是稻子。我被稻田所包圍，睜眼便見稻田，每天都在稻田裡鑽進鑽出……。

事實上，那時何止我家及我家附近？全台灣幾乎都是稻田天下。說全台灣被稻田所佔領，所淹沒，並不為過。

即使現在，閉著眼睛，我仍然可以見到那些稻田：一區區，一片片……。那些綠油油的稻田，在風中起舞，只要一見到，一想到，便覺得身心無限舒爽，甚至可以說寵辱皆忘——到稻子成熟時，金黃色的沉重稻穗，垂彎了稻棵。它們就像一個個謙虛有禮的君子，低頭鞠躬，而且噴發出陣陣稻香，醺人欲醉。

真的，即使在夢中，我都幾乎可以見到那些可愛的稻子，聞到那些甜美的稻香。

可是，唉，我該怎麼說呢？

該說是時移勢易吧！種稻成本越來越高，耕田、播種、插秧、灌水、施肥、除草、噴農藥、收割……樣樣要花費，而穀價卻越來越低，正是穀賤傷「稻」，種稻便難逃被淘汰的命運了。當年舉目綠油油稻田的繁盛景象，早已漸漸消失。很多稻田的稻子早已被檳榔、蔬菜、水果所取代，也被建築物、工廠所侵奪，不得不讓人慨嘆「滄海桑田」、「十年河東，十年河西」。本來就是嘛！農民種稻入不敷出，為了生存，只得「窮則變，變則通」了。現在農村的蕭條是不可否認的事實。人口尤其青年人口向都市流動，早就是擋不住的潮流。農村人口幾乎只剩「日本製的」老年人，無人住的空屋早就和廢耕的土地同時成長。每次回鄉，我每次帶回一肚子感慨。

自懂事起，每次選舉，都聽到好些政客為騙選票，說當選後要如何如何為農民爭取權益，解決農業困境；結果都是空口白話，選完，人「跑若飛的」，走得連個鬼影子都見不到。我倒認為，解決之道，除現行的免繳田賦之外，或許可以鼓勵農民，凡種稻者，予以優厚補助，以維持他們的基本生活。這非無道理。台灣經濟現在靠製造業支撐；而製造業當年是靠農業扶植起來的。當年為了發展製造業，政府給予製造業許多優惠，如設工業區，提供便宜的建廠土地，如相當年度的免稅，耕者有其田政策的實施，也給予地主有能力向製造業發展；現在製造業發展起來了，農業尤其種稻的農業沒落了，由製造業繳稅來回饋，不見得不合理。只是，時勢所趨，浪潮難擋，以外力強加於夕陽產業，欲挽狂瀾於既倒，或許只能維持一個「迴光反照」的局面，是否值得？——不過，看看美國，他們的製造業發達，並無礙於農業發展，農業仍是世界之冠，他們是怎麼做到的呢？

陌生的故里

明明就是這個位置。明明就是這麼個大小。從方向上揣度，沒錯。從經緯度上觀察，沒錯。羅盤的指針上所顯示的，沒錯。地籍圖上所界定的，沒錯。比例尺上所測量的，沒錯。……可是，我左看右看，上看下看，無論怎麼看，就是覺得怎麼不像，覺得此中有差錯。三十年在異鄉，這次回來，果真「兒童見面不相識」了嗎？

首先，那通往鎮上的碎石路不知溜到哪裡去了，取而代之的則是柏油路——還相當寬敞、相當出名（叫屏鵝公路）呢；當然，環村的泥土路也是如此。那是我以前每天必走的路，而且每天來來回回總要走好幾趟甚至十幾趟，或上學，或到田裡，或趕牛到牧場，或和同伴戲耍，還常常邊走邊故意踢路面讓灰塵漫天飛……太熟悉了，就像我自己的名字，打死我都不可能錯認；可是現在卻不同，我懷疑是否我走錯了路。

其次，那三棵壯碩的芒果樹、那一棵超大陽傘似的大榕樹和我家那片約一分地的濃綠竹林，也不見了。那三棵壯碩的芒果樹，每棵的樹幹都有三人合抱那麼粗，每到結果時候，從青澀開始，我們便被酸得眉頭直皺，口水直流；到黃熟時，我們便拿長竹竿搖，或爬上去搖，讓它們僻僻啪啪掉落地面，然後撿起來大快朵頤，也在颳大風時去撿被風搖落的熟芒果。那一棵超大陽傘似的大榕樹，有濃濃的樹蔭，有堅硬的地面，是村人休閒的好場所，尤其是夏日午時，在涼爽的微風吹拂下，大家幾乎全都聚集在那裡，大人們閒聊、下棋、互相關心農作、說荒唐、打瞌睡，我們玩各種遊戲，譬如打彈珠、盪鞦韆、踢空錫罐、追逐、捉迷藏、角力、玩橡皮筋、打陀螺等等。那裡，常常沸騰著話聲、叫聲和笑聲，當然有時也有小孩子的哭聲。我家那片濃綠竹林，則是眾鳥喧嘩的地方，當然也是我們掏鳥窩、大人們挖竹筍、砍伐竹幹製成各種竹器的所在，還有，對，我想起來了，長大一點抽空拼功課、貪婪大啖文藝書籍的天然大書房。

再者，茅屋和瓦屋也不見了。那是我們出生、睡臥、吃喝拉撒和糊里糊塗成長的樂園。現在它們已經被鋼筋水泥房子取代了。其實，再怎麼說，那茅草、那紅瓦黑瓦、那牛屎攪絆黏土糊成的牆壁，即使冬冷夏熱，雨時滑溜、有雨滴滴落接漏水桶的音樂好聽，總比灰色的死硬的水泥屋頂、水泥牆壁好多親切多了。至少它們的氣味就勝過鋼筋水泥製的千萬倍。還有那些附帶的寶貝，如大灶、木床、鼓風爐、舂米石臼、甕、古井、石磨、其他農具及雞鴨牛豬貓狗……唉，那更不用說了。

還有，那片田野和那條從村子南邊流過的水溝。那條水溝，那時水是清澈的，終年潺潺而流，媽媽們晨間總在那邊就著洗衣石洗衣，搥打衣物聲和談笑聲此起彼落，好一片歡樂景象！炎炎夏日，我們便脫光了衣服，跳進去游泳，兼摸蛤蜊、燒酒螺、田螺等貝類，捉魚蝦。這是我們當時最快樂的時光之一。現在呢？它已變成高興時就有水，不高興時就沒水，沒水時溝底見天乾裂，有水時齷齪髒臭不堪，看了都叫人要嘔吐，至於洗衣、游泳、捉魚、摸蛤蜊等貝類，誰敢？早被驅進記憶裡了。那些田野，原本種稻子、甘蔗、水果或蔬菜，一片綠油油，現在則被豬舍、雞舍、魚池、工廠和廢耕地的擴張勢力霸佔了不少……。

最嚴重的是，人口減少了。外移到城市裡了嗎？或許是吧！像我就是了。那些和我一樣是「日本製的」兒時玩伴應該也是的。至於那些「清朝製的」「日本製的」父輩、祖輩呢？他們應該沒有外移吧！他們住不慣城市呀！有子女住在城市裡的，偶爾前去，也只住幾天，便吵著「回家」，說故鄉家裡雞鴨和田地沒人照顧；其實才不是，是那些「少年的」忙他們的，留下他們，沒地方去，彷彿被關在籠子裡！這可是以前常常發生的事；現在卻很少見到他們了。那麼，他們哪裡去了？想當然是隨著時間的過去，漸漸「凋零」了。還有，最重要的，那些日子裡，時刻不離身的和藹、親切、熱情、樸素、誠信，也漸漸少了……。唉，陌生呀陌生！

是的，故里已叫我感到陌生。故里，陌生的故里呀！

天然書房

天然書房在我這一生中佔有極重要地位；甚至說，我是深植在那裡而成長繁茂起來的一棵樹也不為過。

我在南台灣一個不到十戶人家的小農村出生、長大，家境不好，從小就不知道書房生成什麼樣子。如果以常常在那裡看書做功課作為書房的定義，勉強地說，小時候餐廳便是我的書房。一個四方桌，吃飯時是餐桌；讀書做功課時便是書桌了。讀書做功課時坐的，自然也是吃飯時坐的長條木板椅。

那時候，台灣經濟本來就差，農家生活更不好；生為農家人的孩子，我能夠到學校讀書就已經很不錯了，還講究什麼書房不書房、書桌不書桌呢？白天只要不上學，本來就要幫忙農（家）事的；哪有時間讓我像都市有錢人家的孩子，可以整天不工作，全心讀書呢？餵雞鴨，餵豬，養貓狗，撿菜，灑掃庭院，抹桌椅，照顧弟妹……這是負擔比較不重的工作。我從年紀很小的時候便開始做了。年紀稍大後，體力較能負擔了，放牛，挑水，除草，扶犁，使耙，灌水，插秧，施肥，割稻，種菜，種植、收穫五穀雜糧、水果……白天忙得灰頭土臉，幾乎沒有可以讀書的時間和精力，只有晚上吃過飯後，才能就著臭油燈（到我讀初中時，村裡才有電，也才使用電燈）做學校功課，以便次日到學校可以交差、應付。而書房就是大家吃過晚飯後空下來的餐廳。

這樣的日子，直到我讀高三的時候才略有改變。這時我開始準備考大學，先父先母體認到我需要拼功課，允許我少工作，多看書了；而要命的是，很不湊巧，受當時班上一位愛看文藝書刊同學和國文老師的影響，在這最關鍵的時刻，我竟愛上了文藝——不但愛看文藝書籍，還染上了一個喜歡塗塗寫寫的毛病。先父先母識字不多，尤其忙於農事、家事，根本沒能理會我。他們或許以為我很努力在準備考大學；其實我在玩什麼把戲或搞什麼外務，他們一點也不曉得，一切任由我自理自主，算是相當自由的。——這情形，和後來一般所謂的「放牛吃草」一不太一樣。

這時，天然書房便來參一腳了。

除了冬天太冷或下雨，不適合在那裡；否則我通常——尤其是例假日和寒暑假都搬了籐椅，帶了需用的書籍、文具來這裡看書，做功課。那是我家屋後約一分地的竹林。在屋子裡雖然有許多方便處，譬如臨時須要文具隨時可以取用，口渴隨時可以補充水；但是比較悶熱，空氣不流通，尤其夏天更是燠熱難當，拿扇子搧，仍然汗如雨下；另外還有家人不必要的干擾

——譬如弟弟和姐妹來找我談話、嬉遊，先父先母趁便要我做這做那什麼的。在天然書房裡則遠離了這些不利因素。在那裡，彷彿到了另一個沒有人干擾的天地，連談話的對象都沒有，除了讀些考大學的功課，我可以全心沉浸在文藝書海裡，享受書海的廣大浩瀚無邊，陶冶自己的文藝氣質，擷取書中的智慧晶粒，充實自己的知識，修養自己的心靈……，那是何等美好的事呀！那是何等悠遊自在的事呀！更何況那是處在大自然裡，有大自然的賜與：在綠竹蔭覆下，清風徐徐吹撫，光線又那麼充足明亮，呼吸新鮮的空氣，汲取取之不盡用之不竭的芬多精（當然，那時不知道有這鬼東西），聆賞眾鳥和昆蟲競相演奏的聖樂，累了還可以起身在那裡走走，舒緩一下身心……。

在這樣氣氛下的環境裡看書，做功課，或許有人會說那不啻是在天堂。五年前，我嫁在屏東市的堂妹有一天跟我聊天，便說出了她的這一個想法。她說，她那時總躲在旁邊，以一種羨慕的心情，「偷看」我讀書。在她的想法裡，我之所以成為唯一讀大學的村人，是當時在那裡讀出來的。其實天曉得，我那時迷上了文藝書刊；常常別人看我在那裡很用功於功課，準備考大學。說來慚愧，我大部分時間都在閱讀文藝書刊。也因此大學聯考沒考好，也沒考進我心目中理想的與文學有關的科系。不過塞翁失馬，我為此培養出了對文藝的愛好，在大學裡，我沒把本科系的功課讀好，仍迷於文藝，以致到今天退休下來，還有一項興趣——仍沉迷於文藝，不會像有些人沒事做，無聊、抑鬱、和疾病親近……。事實上何止於此？我是提早六年退休的。目的無他，我計畫提早退休，全心投入閱讀和寫作，以完遂我早年的心願。雖然我已退休，其實現在我比退休前更忙，讀的更多，寫得更勤，作品已以幾種文字流通到全世界各地發表，尤其是中國大陸、英國、希臘、澳洲、巴西、日本、外蒙古、菲律賓、印度、美國……。這些都是拜我小時候天然書房之賜。是天然書房讓我走上這條路的。

啊，天然書房，我多麼感謝和懷念！

只可惜，那天然書房早在我大學畢業那年被先父給廢掉了，只留存在我的記憶深處……。

那棵大榕樹下

熱！真熱！太熱了！別提運動或工作了，隨便動一下都要整身是汗呢。都說是溫室效應在作祟。是呢？不是？還是別的什麼在搞鬼？……唉，別爭論了！爭論這又有什麼用？躲熱才重要。……躲？躲到哪裡去呢？天地之大，竟無躲藏處？躲到北方去？躲到冷氣房裡？躲到電風扇旁？……躲到哪裡？躲到樹蔭底下？嗯，對了，那棵大榕樹，那棵大榕樹底下最好了，有一大片濃濃樹蔭，清風徐來，可以安享無限清涼。多好！

是了。那棵大榕樹底下，是夏天躲熱避暑最好的地方。那是我大姑丈阿財寶家門前大土埕的一角。樹，有一、二層樓高吧！靠地面部分拱著大大小小的石頭。樹的主幹便從石頭堆差不多中心的地面向上生長。才長上地面不遠，便歧長成數根彎彎曲曲的樹幹，合組而成一根約一人抱的大樹幹；然後分途向上生長，各自繁衍其子子孫孫——諸幹和眾枝葉，共同營造出一支綠色天然大傘。其枝幹間且長出許多大大小小的褐色氣根，成穗成叢，垂掛而下，從遠處望去，酷似老人的鬍鬚，風來時便迎風飄舞。

這裡整年有鳥雀飛翔歌唱。附近環境裡鳥雀雖多，卻大多怕人，較常在這裡出現的是少部分鴿子、麻雀、斑鴿（斑鳩）和青苔仔（繡眼兒）等較不怕人的鳥雀。牠們除在這裡飛翔歌唱而外，自然也在這裡築巢，作為牠們的居所。牠們往往等到晚上或人們不在這裡時飛回巢裡休憩。當然也有一部分有人在時仍勉強停駐的。這些鳥雀不只休憩，還飛翔歌唱。牠們這是一種冒險行徑，最主要是被榕樹的小球果所引誘，所謂「鳥為食亡」就是了。至於鳥巢雖然總築在較高的細枝細葉間，以防被人們破壞；可是仍然有極少數頑皮的孩子不管牠們在不在，不怕樹神和大人的禁止，爬上去騷擾或掏鳥巢甚至搗毀。

村人不分男女老少，大都被磁吸到這裡，尤其是夏熱時候，尤其是夏熱時候的中午時候——午後不久，大人們又要頂著大太陽到田裡工作，成員便少一部分了。大家是被那一大堆清涼所磁吸的。這裡的清涼和現代的冷氣房提供的，在涼或冷的程度上來說也許稍遜；但不密閉，有清風徐來，有純屬天然的新鮮空氣，則是現代冷氣房所不及。「窮則變，變則通」，不夠涼或不夠冷，可以請葵扇（大多是檳榔扇）來幫忙煽風招涼，也是一項補救的方法。在這裡躲熱避暑，可說最好最便利最儉省，不像在冷氣房躲熱或到北方避暑那麼費時費事費錢。再者，在這裡，村人可以相互溝通意見，互換知識，增進感情，伴隨借助的是許多活動，其場地則不限於大榕樹底下，一部分也擴及我大姑丈的大土埕。在這裡，村人不僅是乘涼，還有別的活動，譬如互相請益農事的是從事農作的各家男主人，吹牛、說荒唐的是壯年的男子，唱山歌的是年輕人，唱「望春風」等長了長而白的鬍鬚的歌曲的則屬於比較年老的，當然也有下棋的、躲貓貓的、踢空錫罐的、捉迷藏的、賽手技的、賽跑的、打彈珠的、彈橡皮筋的、轉陀螺的……，不一而足，笑、鬧、喊叫、肢體活動都有，當然也時而可見到哭的場面，那大多是小孩子了，常常叫人眼不暇看，耳不暇聽。當然也有純粹在這裡打盹或靜靜休息的。這些包括安坐在石頭上、靠背籐椅上或爬上樹幹杈椏間的。

有興趣嗎？來吧！我們過去看看！哪，那是坤金、坤木兄弟在耍嘴皮、弄玄虛，那是仙來和馬沙在相撲，那是我大姑丈阿財寶在拉三絃，那邊一堆人則在鬥蟋蟀，再看看樹上吧！安坐在杈椏打盹的是……咦？是誰呀？……我有點眼花了。嗯，我真的眼花得糊塗了。原來我剛才是作了一場那些早年在南部故鄉鄉間生活的夢呀！

枕著鳥鳴與回憶

今早，又從鳥鳴裡自然睡醒過來。雖說這裡已相當都市化，但是除下雨天、夜晚或冬天鳥鳴較少，整年鳥鳴不斷，尤其是清晨，天才初亮，太陽尚未露臉，牠們便不停鳴叫，把大地喚醒，也把人們喚醒。牠們是在高興又一個新的日子來臨，準備要去迎接？是在歌頌大自然的美好？還是在相互致意、關懷、叮嚀、商量事情、計畫工作？顯然這裡才都市化沒多久，當年農村的遺痕還多多少少存在。畢竟積久的農業氣息濃濃，不是三兩天就可以給截然一刀兩斷的。

不想即刻起床。就在枕上聆聽鳥鳴吧！從退休後，除非有要事急著辦，不然我便常常這樣，聆聽個夠才起床。反正退休了，不急著上班，做晨操雖然是我的早上功課之一，但時間還早呢！清晨清醒地躺在床上，聆聽鳥鳴，枕著鳥鳴，何等享受，多富詩意！

嗯，枕著鳥鳴。枕著夢。枕著回憶。枕著在故鄉那些懵懂而悠然的歲月。枕著甜美、愉悅、純良……。

出生鄉間農村，也在鄉間農村長大，我全身塗滿農村色彩，濡染農村習性，呼吸農村氣息，鳥鳴聲更不時在我左右，即使要甩也甩不掉，更何況我還執意緊緊擁抱著，一如擁抱生命，絲毫不願鬆手？不管走到天涯海角，看來我這輩子和鳥鳴是死生相許，不可須臾或離了；即使在熱鬧的都市裡或匆匆的旅途上，現實環境不允許，也總鳴響在我的記憶裡、夢裡……。

鄉間總是叢集著各種農作和其他植物的。我的家鄉在南台灣鄉間農村，那裡以出產稻米為主。此外，還種有玉米、蕃薯、甘蔗、香蕉、龍眼、芒果、荔枝、芭樂、蓮霧、竹子、榕樹、斑芝（木棉）、菁仔（檳榔）、椰子、木麻黃和各種蔬菜、花卉等等。這些植物提供了良好環境，讓鳥兒建立牠們的家園。「在山靠山，在海靠海」，牠們「賴」上了這些植物，向它們索取吃住等日常生活所需。因此，鳥雀眾多，鳥鳴喧聲不停，即使我現在已很久沒住在那裡，鳥鳴聲仍緊跟著我，長久不離，在記憶裡，在夢裡：咕咕、吱吱、嘰嘰、喳喳、啁啁、啾啾、嘓嘓、哇哇……，粗嘎的，尖細的，高亢的，低沉的，清亮的，渾濁的……，不一而足。每當晨間，牠們初醒，準備出去討食，便鳴聲不絕。是在高興又一個新的日子來臨，準備要去迎接？是在歌頌大自然的美好？還是在相互致意、關懷、叮嚀、商量事情、計畫工作？或許都有吧！牠們或許不自覺或無心，卻給大自然創作了美妙的音樂，給人們提供了甜美的聽聞享受。有時候，那是獨奏或獨唱。有時候，那是合唱、輪唱或齊唱。有時候，那是高音或低音。有時候，那是樂團奏出的交響。至於那是中華國樂還是西洋音樂？是古典樂曲還是現代熱門音樂？用的是絲竹琴絃還是西方的喇叭鼓號？只好訴諸聆聽者的心靈認知了。有人將之與蟲鳴聲合稱為天籟，甚至把「聲」字剔除，說「聲」字太人工化，如果兩相夾雜，便破壞了鳥鳴的自然性、純粹性。那又是一種說法。不過，無論人們用什麼說法或名稱來形容，那必然是人間極美的仙樂，其高低起伏，抑揚有致，平和諧調，則是人間人工製作的任何音樂所不及的。

想想，能夠整天整月整年生活在充滿鳥鳴的環境裡會有多好！我早年在鄉間農村就過著這樣的生活。那時那裡的鳥兒真多！厝鳥仔（麻雀）、白頭翁、斑鴿（斑鳩）、青苔仔（繡眼兒）、烏鶖（黑卷尾）、鵪鶉、米雞（緋秧雞）、竹雞、雉雞（環頸雞）、黃鶯、黑頸藍鶲、半天仔（小雲雀）、勃㰁（藍磯鶇）、碰碰仔（台灣裁縫鳥）、田企、烏嘴鵯仔（尖尾文鳥）、伯勞、老鷹、燕子、烏鴉、客鳥（喜鵲）、貓頭鷹（角鴞）、白翎鷥（小白鷺）、黑鷺、釣魚翁（翠鳥）、家令（八哥）、鴿子和許多叫不出名字的候鳥等，無以計數。牠們或討食，或飛翔，或築巢，或尋侶，或照顧親人，不停穿飛在鄉間，不停發出鳴叫。就在鄉間農村裡，也許在廣闊的田野，也許在河流附近，也許在人家屋頂，也許在果園樹木間；尤其我家曾有一大片竹林，我曾以那裡作為我的天然書房，有一座主要種荔枝間雜檸檬、龍眼、芒果、柚子、蓮霧和芭樂等水果的果園。我在裡頭便體驗享受了不少鳥鳴的樂趣。我出版的第一本書便以「半天鳥」為書名。「果樹園的呼喚」一詩，我於一九六二年寫成，至今被轉載及選入選集十次以上，被譯成英文、希臘文，流傳到大陸、英國、希臘、澳洲、巴西、日本、美國等地，受到不少讚譽，便是我早年在我家果園裡體驗的寫照。其中也寫到鳥鳴：

進來讓鳥語從果樹的枝葉間滴下
然後輕輕地敲響你的耳鼓
讓那些不快和憂傷離你遠去
讓美音的世界把喜悅奉獻給你

哦，每次聽到、想起或有人提到鳥鳴，我便感到一股瓊漿玉液闖進我的心裡，有著無限的甜蜜，有著無限的回憶。幾乎每天清晨從鳥鳴中自然睡醒，賴一下床，聆聽鳥鳴，枕著鳥鳴，更是我每天的例行早課之一，也是我心之所好。

嗯，真好！但願能永遠枕著鳥鳴，枕著夢，枕著那一片回憶，枕著在故鄉那些懵懂而悠然的歲月，枕著甜美、愉悅、純美……。

浸浴芬多精

那兩天一夜，我們去浸浴芬多精。

浸浴芬多精。哇！多美好呀！

無以盡數的芬多精，就在我們的四周圍繞著，漂流著，盈溢著。我們沉浸其中，沐浴其中，大口大口地喝飲，大把大把地吸取。好貪婪呀！我們載浮載沉，成群悠游，游魚般快樂，自由自在地，無所牽掛地，拋去所有日常的憂煩，忘卻所有塵凡的繁瑣事物，進入另一個境界。——是世外桃源嗎？

那是梅雨季裡的一天。

大大小小的雨，持續不斷的雨，下了那麼多天，下得那麼無羈，下得那麼煩人，不停地滴滴答答，不停地嘩嘩啦啦。是長嘴婆裹腳布那般長的不停嘀嘀咕咕？是壞心巫婆不停糟唸的惡毒咒語？是惡毒妖魔的詈罵？是專權獨夫的雷霆萬鈞？整日整旬被關在屋子裡，悶在屋子裡，讓人的骨頭都要酥軟了，心情都要發霉了，活力都要困頓了。有人提起，顧不了天仍未放晴，我們這一夥人便一呼百應，就這麼上路了。每個人都還帶了雨傘呢！好在老天還相當仁慈，雖然沒放晴，天色仍昏矇；但是還算不錯，除了偶爾下些濛濛細雨，兩天一夜，幾乎沒雨。這反而更好，不但沒有暴烈的日曬，還有爽人的清涼，助長遊興。車子發動了，載著整車的歌聲和興奮，時而唱，時而笑，時而說話，人人上緊了發條似地，全心全力參與。

車子越走越遠離市區，遠離塵囂，越走越進入青山，進入森林，進入原始和清淨。

車子指向梨山、福壽山農場、武陵農場……。

進入山區，路便較為崎嶇不平了。尤其當走到沒鋪柏油的路段，就有險象出現了：坍方的、整修的，不時而有，以致車速減緩，曾經因這些日子的久雨，以致路面鬆軟，幾乎陷在泥窪裡，險象環生。不過這沒太過影響大家的情緒。被關得太久了，心中的鬱卒必須盡量驅散，胸襟必須大大開放，筋骨和活力必須勤加施展，正如被關得太久的鳥雀逃出鳥籠展翅而飛，被栓得太久的狗脫去鏈條的綑綁拔腿狂奔。

山是青綠的。樹是青綠的。草是青綠的。蔬菜是青綠的。……除了少許屋宇、極少未被草木覆蓋的山土和間雜的花朵，一路都是青綠的，很養眼，很養身，也很養心！

當然，一路的芬多精更是養眼，養身，也養心。

基於某些因素，梨山區包括梨山本身和福壽山農場、武陵農場雖然梨子已種得少了，蘋果也不多；但卻被其他蔬果所取代。水果有桃、李、梅，尤以水蜜桃為多；很大一部分則種蔬菜，以高麗菜、大蒜為多，尤其幾乎滿山坡的高麗菜，這些都是青綠植物，原有的樹種如杉樹等也還存在，像杉樹王、蘋果王都是名傳遐邇的原有樹種，還有一些花例如比陽明山種植的更茂盛更大朵更美的海芋、近年人工培植的魯冰花等等，都是芬多精的提供者。當然，煙聲瀑布是芬多精的最大「集貨場」。那裡集聚了許多取之不盡用之不竭的大自然精華，陰離子、芬多精齊集，湧來漂去，是不可不到的地方。雖然山路稍為陡峭了些，對有了些年紀的我們來說腳程是辛苦了些，我們還是不放棄。本來嘛，這一趟主要就是為浸浴芬多精而來，而腳程辛苦正所以增加肺活量，促進血液循環，以便大量吸取大自然的精華，俾益身體健康！這不正是得其所哉？

兩天一夜，我們就這麼浸浴著芬多精，洗去了許多塵凡的髒污，丟棄了許多長久積澱的鬱卒和煩悶，吸收了許多大自然的精華，帶回來許多清爽、輕鬆、健康和愉快。

浸浴芬多精。哇！多麼美好呀！

下次再來吧！且期待著……。

健康步道上

對於從小在困苦中長大的我來說，有些事我是不願去做的，譬如奢侈浪費，譬如逸樂享受，譬如偷懶投機，尤其是把自己的快樂建築在他人身上。當年還有人力三輪車時，非逼不得已，再怎麼累，怎麼苦，我都不願去坐。不為別的，把自己的快樂建築在他人身上也！高中畢業，在台南成大參加大學聯考，考後我要到土城子訪友，正逢大雨成災，客運車停開，計程車太少車費也付不起；我從潮州來，對那裡不熟，只能坐人力三輪車。沿途見車夫騎得滿頭大汗，急得我差點哭出來。到一個拱橋，車夫踩不上去，他下來用人力拉車。那段路當時和台灣當時大多數道路一樣，沒鋪柏油，路面又泥濘又滑溜，他拉得氣喘汗湍，辛苦非常。我趕緊下車幫忙推。雖然我那時「年輕力壯」，而且是在鄉下磨練得較一般人有力道、不避粗俗工作的孩子，還是推得好幾次差點滑倒。這才讓我心裡稍為舒緩了一下不安。至於按摩，道理也是一樣。別人怎麼想我管不了，在我看來，按摩是世界上最典型地把自己的快樂建築在他人身上。同樣是一個人，難道我可以眼睜睜看著人家，用力按摩得滿頭大汗，自己卻舒適享受，心如鐵石，無動於衷嗎？更何況常常聽說，那些地方很多都暗藏色情，我私底下也這麼認為，更叫我「敬謝不敏」。

可是人世間就是那麼詭異，前年十一月我去江南旅遊時，在蘇州卻去做了一次按摩。那是一個老人旅遊團。那天，行程稍為多了些。大家確實走得太累了，包括我在內，也累得手腳酸軟，有氣無力，雙腳尤其不行，沉重而外，腳底更覺得疼痛，走起路來好像腳跟的骨頭直接撞在地上（想當然是教了三十幾年書，被罰站了三十幾年的「豐碩成果」）；加上導遊鼓吹有方，說保證可以去除疲勞，恢復體力，而且是在公共大房間裡，絕無色情之虞。大家都同意了，連內人蜜子也不例外，我只得被「逼上梁山」了。

為我按摩的是一個廿歲出頭的小女孩。我說她是一個小女孩應該沒錯。她確實長得嬌小玲瓏，相當清秀；可是按摩起來卻力道十足，按摩得叫我差點受不了，尤其雙腳更是痛得差點尿失禁，逼得我以頻頻上廁所來求得舒緩，頻頻到全場的人以異樣的眼光看我，另一名為蜜子按摩的男按摩師還說我這是腎虧。原來她是甘肅極偏遠的鄉下小農村出來的，已有六年按摩經歷。她這情形就和台灣一九七〇年代鄉下國中畢業生進工廠一樣。她告訴我，我的雙腳嚴重衰退；整治之道，最好每天去踩「鵝卵石步道」。腳底有許多穴位，踩這種步道不但可使腳底健康，同時可以整治因年紀大所累積的病痛。

所謂「鵝卵石步道」就是台灣的健康步道，是鋪了鵝卵石的步道，供人作腳底按摩，「練腳底」的。

那怎麼踩呢？不要痛死了？我的腳已經不是小時候那種「牛腳」了；打赤腳在普通平地上走都受不了了，還能去踩那凹凸不平的「健康步道」嗎？那豈不是要我的命？

「怕痛的話，開始的時候，你先穿著襪子走嘛！」她說：「還有，踩的時候，適當用力，適可而止，別太過度，以免受傷。」

嗯，有道理！

說起我的腳，原來是很能走的。我在南部鄉下小農村出生、長大。當時台灣經濟很差，我每天打赤腳走路。那時哪有什麼鞋子好穿？只能天天打赤腳，「練腳底」！未退休前，我常常會向學生自我調侃說，我當時穿的是真皮的皮鞋，特別強調不小心踢到石頭會流血的。他們都不相信，說我在講故事。其實這是真的。我遷居新莊後，逢年過節不一定南返；唯獨掃墓必定回去。因為叔叔一房遷居散處他處，各自掃自家的墳墓，和堂弟棋松見面尤其一起向子孫輩們「說故事」的機會不多；自前年建祖宗祠堂，把祖墳撿骨歸於一處後，叔叔那一房也「來歸」了。從前年起，我們掃墓便兩房「同在一起」了。堂弟這兩年都當著子孫輩們面前，和我聊起小時候，因為沒車也沒錢坐車而且幾乎大家都習慣走路，兩人打赤腳，從潮州走到約三十公里外的加納埔（高樹鄉泰山村），去現在父輩們唯一還在人世的小姑家的事，令子孫輩們聽得目瞪口呆，驚為「天方夜譚」。據我記憶所及，我一直到就讀國小六年級時，才第一次穿到鞋子，而且還很珍惜，常常一路上提著不穿，直到走到學校才心疼地穿上。

說「世事滄桑」真的是「世事滄桑」。當時誰想得到台灣會發展成後來那麼繁榮的景象？有誰知道我的腳會變成這麼「肉腳」呢？（還說呢！我讀大學時，台北外雙溪中影文化城門前路對面那塊長條形土地，是我房東的。他一坪要賣一百多元。我已有外雙溪的都市計畫圖，看得出發展前景，所以建議先父把在南部價格差不多的房地產賣掉，換買這塊土地。基於鄉下農人及我國傳統「安土重遷」的觀念，先父沒採納。豈料現在那塊土地一坪價格在百萬元以上了。如果當時我多堅持一些，而先父知道會有這樣的結果，聽了我的話，我家的財富現在至少比那時多萬倍以上，不是以百億起算至少也以十億起算。）

其實，說「我的腳」不如說「大家的腳」；因為不僅我的腳這樣，大家的腳都這樣呀！我們大家都受惠於科技、文明和經濟，同時也是科技、文明和經濟的受害者。如果不是科技這麼發達，文明這麼昌盛，經濟這麼繁榮，我們的腳會這樣嗎？布鞋、球鞋、涼鞋、拖鞋、皮鞋、馬靴，女性加上高跟鞋什麼的，穿鞋前還先穿上襪子，層層保護的結果，我們的腳已經是「溫室裡的花朵」了，禁不起任何「風霜雨雪」。以我的腳來說，小時候，我能每天打赤腳走砂石路，「練腳底」到約五公里外的國小上學，到處跑到處跳到處鑽，連參加賽跑也不穿鞋子，能和堂弟打赤腳走到約三十公里外的小姑家；現在卻變成弱不禁風的「肉腳」了。當然年紀也有關係。常常如果自己這裡痛那裡酸或同輩這麼喊，我會自我調侃或調侃他們：「誰都打不過歲月的。」「機器用久了自然會磨損。」想來這也是原因吧！不過，如果從小到現在都不穿鞋，相信腳不會這麼差勁的。我的父輩們凡在鄉下種田到老很少穿鞋子的，我看到他們老年時仍打赤腳而健步如常呀！

從江南回來後，我真的變成一個「乖孩子」，幾乎每天早上都去走健康步道。第一次走時，有如踩在針氈上，那真是如何地「如臨深淵，如履薄冰」呀！我依照那名按摩小女孩的「指示」，穿著襪子，還得像傳說中的武林人士「展輕功」，像貓捕老鼠前唯恐發出腳步聲那麼輕輕踩腳步；不然，那感覺只好用「痛死我也」來形容了。我本來從小就有一套體操，幾乎每天都做的，配上走健康步道，每天早晨差不多做一小時，現在我的腳已經改善很多了，而且感覺上身上的酸痛和器官的毛病也較少了。

我們的通病是，很多事，初時很有衝勁，到後來熱度過了，就「虎頭蛇尾」、「不了了之」了；但是這樣是不行的。有道是「活動，活動！要活就要動！」健康是自己的事，是那麼重要，怎可等閒視之？我將不停地做下去。願健康步道，讓我的腳和身體永保健康！阿門！

父親的舊農具間

我要找我父親。

到處找不到後，我走進父親的舊農具間。他常常窩在這裡。走進父親的舊農具間，一股腐朽味向我直衝而來。定睛一看，農具竟然已腐朽不堪。

父親是健壯的。他從小便穿梭在農村裡。那些鄉間小路、田間仟陌等等，那些水稻、豆子、蕃薯、玉米、竹子、芒果、龍眼、蓮霧、香蕉、諸多蔬菜等等，那些豬隻、雞隻、鴨鵝等等，那些牛車、扁擔、鋤頭、鏟子、鐮刀、犁、耙、籮筐、篩子等等，那些嚴寒、風雨和毒太陽等等，那些泥土味等等，哪一樣他不是日夜和他們相濡以沫，親如手足？也是這些，把他鍛鍊得極為健壯的。除了小時左手手彎被牛踩斷沒接好，顯得有所殘缺，他整身沒有一樣不貼著健壯的標籤；加上他的不多言語，他幾乎就是一塊磐石。他整身古銅色的肌膚和幾乎整年不穿上衣，是最好的證明，也是最貼切的描述。不信，可以請當年經常壓在他肩頭、背上叫他搬運的那一百多斤重的麻袋和裝在裡頭的稻穀來作證，也可以請經常騎在他肩頭、腰間他仍然健步如飛行走單程近兩公里來往家和田地之間的犁耙來作證，更可以請叫他彎著腰割稻半天而沒聽他喊腰酸的鐮刀及叫他趴著浸在水裡而沒聽他喊累的水稻和爛泥巴來作證。

只是時間是一種腐蝕劑。許是硫酸？或是鹽酸？不是嗎？那些農具，遭時間日浸夜熬的結果，時時有斷了、腐了、壞了的訊息傳出。從父親不再進入這農具間起，它們竟然漸見皺紋、乾瘦、生病以致不支倒地了；於是便有腐朽味到處瀰漫，誰要進入便要被衝昏了頭。

可是，最重要的是，我要找我父親呀！那些日子，他是常常窩在這農具間的。他會給它們撫摸、安慰，給它們加油、滋潤；但是現在他哪裡去了？為什麼不理這些農具，任它們腐朽不管？這些舊農具被我問急了，竟然很不情願地回答我：他不在了。

唉，這農具間荒廢了，農具腐朽了。原來我父親不在了。

我遇見了我

這天，我突然遇見了我。

朦朦朧朧。鬧不清那是什麼地方。鬧不清那是什麼時候。隱約那是個小農村，相當熟悉的。住家。田野。芳草。綠樹。作物。作物。……

田野裡，作物間，有農人，還有牛隻。

農人，扶犁的，使耙的，把鋤的，灌水的，除草的，施肥的……。

我走了過去。

突然，我遇見了我。他整身赤銅色皮膚，粗布衣服，一大塊一小點的泥，滿頭滿臉也是的……。

我大驚。我大喜。好久沒遇見我了。在這很少見到牛、很少見到犁耙的時代，在這氾濫著巧言令色的時代，在這幾乎人人戴著假面具的時代，竟然會遇見我，怎能不讓我大驚？怎能不讓我大喜？

更叫我驚喜的是，他竟然連蹦帶跳地跑了過來，拉著我的手，引領我向前面走，向朦朧裡走……。

沿途，我又遇見了好幾個我：

一個只穿水褲的我。

一個用手肘猛擦鼻涕的我。

一個在大太陽下蹦跳奔跑不停的我。

一個在小水溝裡戲水、游泳、捉魚蝦、摸蛤蜊的我。

一個捉蟋蟀、蜻蜓、蚱蜢、蝴蝶的我。

一個在甘蔗園裡剝蔗葉、砍蔗尾、領著狗拿圓鍬挖老鼠的我。

一個放牛、割草的我。

一個犁田、踩割耙的我。

一個在菜園、香蕉園、竹林、蕃薯園工作的我。

一個插秧的我。

一個除草的我。

一個施肥的我。

一個割稻、脫穀粒、曬穀子的我。

一個樸實拙於言詞的我。

一個憨頭憨腦的我。

一個見了女生就臉紅的我。

哇！好多久矣不見了的我。這些我，這些早被文明掩藏了的我，這些早被都市掩藏了的我，這些現在即使在農村裡都很難見到了的我，今天怎麼突然出現了呢？今天怎麼突然被我遇見了呢？不可思議呀！這是什麼地方？這是什麼時候？……

這是個夢？

在夜裡。

在朦朧裡。

釀文學　PG0727

走過廍仔溝

作　　者	許其正
責任編輯	鄭伊庭
圖文排版	楊尚蓁
封面設計	蔡瑋中

出版策劃	釀出版
製作發行	秀威資訊科技股份有限公司 114 台北市內湖區瑞光路76巷65號1樓 電話：+886-2-2796-3638　傳真：+886-2-2796-1377 服務信箱：service@showwe.com.tw http://www.showwe.com.tw
郵政劃撥	19563868　戶名：秀威資訊科技股份有限公司
展售門市	國家書店【松江門市】 104 台北市中山區松江路209號1樓 電話：+886-2-2518-0207　傳真：+886-2-2518-0778
網路訂購	秀威網路書店：http://www.bodbooks.com.tw 國家網路書店：http://www.govbooks.com.tw
法律顧問	毛國樑　律師
總 經 銷	聯合發行股份有限公司 231新北市新店區寶橋路235巷6弄6號4F 電話：+886-2-2917-8022　傳真：+886-2-2915-6275

出版日期	2012年3月　BOD一版
定　　價	240元

國家圖書館出版品預行編目

走過廍仔溝 / 許其正著. -- 一版. -- 臺北市：
釀出版, 2012.03
面；　公分. --（語言文學類；PG0727）
BOD版
ISBN　978-986-6095-96-2（平裝）

855　　101001249

讀者回函卡

感謝您購買本書，為提升服務品質，請填妥以下資料，將讀者回函卡直接寄回或傳真本公司，收到您的寶貴意見後，我們會收藏記錄及檢討，謝謝！如您需要了解本公司最新出版書目、購書優惠或企劃活動，歡迎您上網查詢或下載相關資料：http:// www.showwe.com.tw

您購買的書名：____________________

出生日期：________年________月________日

學歷：□高中（含）以下　□大專　□研究所（含）以上

職業：□製造業　□金融業　□資訊業　□軍警　□傳播業　□自由業
　　　□服務業　□公務員　□教職　□學生　□家管　□其它_____

購書地點：□網路書店　□實體書店　□書展　□郵購　□贈閱　□其他

您從何得知本書的消息？

□網路書店　□實體書店　□網路搜尋　□電子報　□書訊　□雜誌
□傳播媒體　□親友推薦　□網站推薦　□部落格　□其他__________

您對本書的評價：（請填代號　1.非常滿意　2.滿意　3.尚可　4.再改進）

封面設計____　版面編排____　內容____　文／譯筆____　價格____

讀完書後您覺得：

□很有收穫　□有收穫　□收穫不多　□沒收穫

對我們的建議：____________________

____

____

____

請貼
郵票

11466
台北市內湖區瑞光路 76 巷 65 號 1 樓
秀威資訊科技股份有限公司　　收
BOD 數位出版事業部

（請沿線對折寄回，謝謝！）

姓　　名：＿＿＿＿＿＿＿＿　年齡：＿＿＿＿　性別：□女　□男

郵遞區號：□□□□□

地　　址：＿＿＿＿＿＿＿＿＿＿＿＿＿＿＿＿

聯絡電話：(日)＿＿＿＿＿＿＿＿（夜）＿＿＿＿＿＿＿＿

E-mail：＿＿＿＿＿＿＿＿＿＿＿＿＿＿＿＿